A Happy Thoughts Initiative

नई आदतों की सफल तकनीकें
हैबिट बदलने का सरल ज्ञान

अच्छी आदतों से जो चाहे सो निर्माण करने का तरीका

नई आदतों की सफल तकनीकें

हैबिट बदलने का सरल ज्ञान

by Tejgyan Global Foundation

पहली आवृत्ति : दिसंबर 2019

प्रकाशक : वॉव पब्लिशिंग्स प्रा. लि.

ISBN : 978-81-943200-7-4

© Tejgyan Global Foundation

All Rights Reserved 2019.
Tejgyan Global Foundation is a charitable organization
with its headquarters in Pune, India.

© सर्वाधिकार सुरक्षित

वॉव पब्लिशिंग्ज् प्रा. लि. द्वारा प्रकाशित यह पुस्तक इस शर्त पर विक्रय की जा रही है कि प्रकाशक की लिखित पूर्वानुमति के बिना इसे व्यावसायिक अथवा अन्य किसी भी रूप में उपयोग नहीं किया जा सकता। इसे पुनः प्रकाशित कर बेचा या किराए पर नहीं दिया जा सकता तथा जिल्दबंद या खुले किसी भी अन्य रूप में पाठकों के मध्य इसका परिचालन नहीं किया जा सकता। ये सभी शर्तें पुस्तक के खरीददार पर भी लागू होंगी। इस संदर्भ में सभी प्रकाशनाधिकार सुरक्षित हैं। इस पुस्तक का आंशिक रूप में पुनः प्रकाशन या पुनः प्रकाशनार्थ अपने रिकॉर्ड में सुरक्षित रखने, इसे पुनः प्रस्तुत करने की प्रति अपनाने, इसका अनूदित रूप तैयार करने अथवा इलेक्ट्रॉनिक, मैकेनिकल, फोटोकॉपी और रिकॉर्डिंग आदि किसी भी पद्धति से इसका उपयोग करने हेतु समस्त प्रकाशनाधिकार रखनेवाले अधिकारी तथा पुस्तक के प्रकाशक की पूर्वानुमति लेना अनिवार्य है।

Nayi Aadton Ki Safal Takniken
Habit Badalne Ka Saral Gyan

> यह पुस्तक समर्पित है, उन पाठकों को जिन्होंने अपनी आदतों पर कार्य करने का निर्णय लेकर, नई कामयाबी की तरफ पहला कदम बढ़ाया है।

विषय सूची

प्रारंभ	समय रहते नई आदतों पर कार्य करें सफल भविष्य की नींव	7
खण्ड 1	**मन को करें राज़ी**	**11**
भाग 1	नई आदतें बनाने का अनोखा तरीका	13
भाग 2	आदत तोड़ने का मुख्य कदम	18
भाग 3	व्यर्थता की हो पहचान	24
भाग 4	होश से तोड़ें आदतें	28
भाग 5	आदतों की जड़ों पर प्रहार	32
भाग 6	मनन द्वारा प्रोत्साहन पाएँ	36
खण्ड 2	**दिमाग में बनाएँ नए मार्ग**	**43**
भाग 7	ब्रेन वायरिंग का वैज्ञानिक ज्ञान	45
भाग 8	पुरानी आदतों का खिंचाव	49
भाग 9	दिमागी फिल्टर का कार्य	54
भाग 10	पुरानी और नई आदतों का जोड़	58
भाग 11	प्रतीकों की भाषा का राज़	62
भाग 12	दिमागी आइने का उपयोग	65

खण्ड 3	**आदतों को बनाएँ आसान**		69
भाग 13	आसान और रुचीपूर्ण बनाएँ		71
भाग 14	छोटे कदम का दम लगाएँ		75
भाग 15	निरंतरता का असली अर्थ जानें		79
भाग 16	उद्देश्य रखें और प्रेरणा पाएँ		82
भाग 17	एक साथ कई तरीकें अपनाएँ		86
भाग 18	सिस्टम के साथ आदत बनाएँ या तोड़ें		90
खण्ड 4	**फायनल टूल का वार**		95
भाग 19	वृत्तियों की पहचान		97
भाग 20	गहरी वृत्तियों पर प्रहार		101
भाग 21	वृत्तियों से मुक्ति		105
खण्ड 5	**कामयाब लोगों की नौ आदतें**		111
भाग 22	नई आदतों का महत्त्व		113
भाग 23	अपने लिए समय निकालें		117
भाग 24	स्वयं की कमियाँ दूर करें		121
परिशिष्ट	**तेजज्ञान जानकारी**		129-144

प्रारंभ

समय रहते नई आदतों पर कार्य करें
सफल भविष्य की नींव

जैसे एक सूक्ष्म छेद पूरी नैया को डुबो सकता है, वैसे ही एक गलत आदत इंसान को गुलाम बनाकर, असफलता में डुबो सकती है। इसलिए समय रहते आदतों पर नए तरीके से काम कर लें।

एक गाँव में एक धनी इंसान अपनी पत्नी और दस वर्ष के पुत्र के साथ रहता था। उनका पुत्र जैसे-जैसे बड़ा हो रहा था, वैसे-वैसे उसके अंदर बुरी आदतें घर करती जा रही थीं। पिता के बहुत समझाने पर भी वह नहीं मानता और बात को टाल देता। हर बार वह कहता, 'अभी तो मैं छोटा हूँ! समय आने पर जब बड़ा हो जाऊँगा तो सब आदतों को छोड़ दूँगा।'

इतना समझाने के बाद भी, बेटे पर कोई असर न होता देख धनी दुःखी हो गया। उन दिनों गाँव में एक महात्मा आए हुए थे। मौके का लाभ उठाते हुए वह अपने पुत्र को महात्मा के पास ले गया। उन्हें अपनी समस्या बताई और पुत्र को

सही मार्ग पर लाने की प्रार्थना की।

महात्मा उन दोनों को एक उद्यान में ले गए और टहलते-टहलते उनसे बातें करने लगे। एक स्थान पर पहुँचकर वहाँ लगे छोटे-छोटे पौधों में से एक छोटे पौधे की ओर इशारा कर उन्होंने कहा, 'बेटा, ज़रा इस पौधे को ज़मीन से उखाड़कर तो दिखाओ।' बच्चे ने अपने अँगूठे और तर्जनी से उस पौधे को पकड़ा और खींचकर उसे उखाड़ दिया। उसके बाद महात्मा ने थोड़े बड़े पौधे को दिखाकर उसे उखाड़ने को कहा। बच्चे ने ज़ोर लगाकर खींचा और वह पौधा जड़ सहित बाहर निकल आया। कुछ दूर आगे जाने के बाद महात्मा ने एक झाड़ी की ओर संकेत कर बच्चे से कहा, 'अब इसे उखाड़कर दिखाओ।' बच्चे को अब इस खेल में मज़ा आने लगा। वह तुरंत झाड़ी के पास पहुँचा और सारी ताकत लगाकर उसे उखाड़ने लगा। थोड़े प्रयासों के साथ उसने झाड़ी को उखाड़ फेंका।

फिर एक बड़े पेड़ को देखकर महात्मा ने उसे उखाड़ने को कहा। बच्चे ने आगे बढ़कर पेड़ के तने को पकड़ लिया और ज़ोर लगाकर उसे उखाड़ने का प्रयास करने लगा। किंतु वह उसे हिला भी न सका। अंत में थक-हारकर वह बोला, 'इसे उखाड़ना तो असंभव है।'

तब महात्मा ने मुस्कराते हुए कहा, 'बेटा! बुरी आदतें भी इन्हीं की तरह होती हैं। जब नई होती हैं तो आसानी से छूट जाती हैं। किंतु जैसे-जैसे समय बीतता जाता है, वे हमारे अंदर जड़ें जमाने लगती हैं। ऐसे में उन्हें छोड़ना बहुत मुश्किल हो जाता है। इसलिए बुरी आदतों को उनकी प्रारंभिक अवस्था में ही छोड़ देना समझदारी है।' महात्मा की इस सीख ने लड़के का जीवन बदल दिया और उसने अपनी बुरी आदतें छोड़ने पर काम करना शुरू कर दिया।

यह कहानी दर्शाती है कि कैसे समय रहते हमें अपनी आदतों पर कार्य करना चाहिए। क्योंकि आदतें ही हैं, जो सबका सफल भविष्य निर्धारित करती हैं।

थोड़ी सी भी सब्जी अगर कपड़े पर गिर जाए तो आप उसे तुरंत धोते हैं। क्योंकि आप जानते हैं अगर इसे सही समय पर नहीं धोया गया तो बाद में दाग निकलना मुश्किल हो जाएगा। इसी तरह समय रहते ही आदतों पर योग्य काम होना ज़रूरी है।

इसके लिए पहले समझते हैं, आदतें क्या हैं? आदतें हैं- इंसान के द्वारा जाने या अनजाने में बार-बार होनेवाले, छोटे-छोटे कार्य। जब आप कोई भी चीज़ रिपीटेडली करते हैं तो वह आपके दैनिक जीवन का भाग बन जाती है और आदत का रूप ले लेती है।

धीरे-धीरे ये आदतें इस कदर आपके जीवन का हिस्सा बन जाती हैं कि आपको लगता ही नहीं आप किसी आदत का शिकार हैं। जबकि कुछ आदतें आगे चलकर आपके लिए हानिकारक हो सकती हैं। आइए, इसे एक छोटे से उदाहरण से समझें।

कई घरों में गृहिणियाँ सुबह के समय घर के कामों में व्यस्त रहने के कारण अकसर नाश्ता स्किप कर देती हैं। फिर यह उनकी आदत बन जाती है। शरीर भी अपने आपको उस तरह से ढाल लेता है। कई बार नाश्ते का महत्त्व पढ़ने-सुनने के बाद भी वे उस पर ध्यान नहीं देतीं। उन्हें लगता भी नहीं कि इससे उनके स्वास्थ्य पर गलत परिणाम होगा। जिसका असर कई सालों बाद दिखाई देता है, जब वे किसी बीमारी का शिकार होती हैं। तब उन्हें एहसास होता है कि नाश्ता न खाने की आदत गलत थी।

अत: कोई भी आदत दिखने में भले ही छोटी लगे, यदि वह आगे चलकर नुकसान कर सकती है तो ज़रूरी है, उस पर समय रहते काम किया जाए। वरना वे अपनी जड़ें इस तरह फैला लेती हैं कि फिर तोड़ना मुश्किल हो जाता है।

देखा जाए तो इन आदतों का विस्तार बहुत हैं। कुछ आदतें शारीरिक होती हैं, जैसे सुबह जल्दी या देर से उठना... व्यायाम करना... टहलने जाना... खान-पान में संयम रखना... साफ-सुथरा रहना इत्यादि।

कुछ मानसिक होती हैं, जो मन के साथ जुड़ी होती हैं। जैसे सच या झूठ बोलना, क्रोध करने की आदत, मुँहफट जवाब देने की आदत, नकली दिखावा करने की आदत इत्यादि।

कुछ आदतें इंसान सामाजिक तौर पर सीखता है, जो हमारे व्यवहार कुशलता में दिखाई देती है। जैसे लोगों के साथ रूखा व्यवहार करना या इसके विपरीत लोगों को मदद करने की आदत... आदि।

आर्थिक आदतों में, पैसों की बचत करना... कंजूसी की आदत... ज़्यादा शॉपिंग करने की आदत... आदि।

आध्यात्मिक आदतें भी होती हैं, जैसे ध्यान करना, मनन करना, प्रार्थना करने की आदत, सत्य श्रवण की आदत, सेवा करने की आदत इत्यादि।

इस तरह हर स्तर पर इंसान आदतें पालता है। कुछ आदतें अच्छी होती हैं, जिनसे उसका विकास होता है मगर कुछ आदतें ऐसी होती हैं, जो उसका समय छीनकर, उसे गुलाम बनाती हैं।

जब लोगों को ऐसी आदतों पर कार्य करने के लिए कहा जाता है तो वे सोचते हैं, 'जल्दी क्या है... वक्त आने पर छोड़ देंगे।' जबकि ऐसे होता नहीं है क्योंकि तब तक आदतें इतनी पक्की हो जाती हैं कि चाहकर भी उन्हें तोड़ा नहीं जाता या उन्हें तोड़ने में काफी मेहनत करनी पड़ती है।

इसका अर्थ ऐसा कतई नहीं है कि कोई भी अनचाही आदत तोड़ना या नई आदत डालना मुश्किल है, पर हाँ... कुछ आदतों के लिए प्रयास करना पड़ता है, जबकि कुछ आदतें आसानी से लगाई जा सकती हैं।

जैसे व्यायाम की आदत लगाने में प्रयास करना पड़ता है, आलस्य को त्यागना पड़ता है, इसके विपरीत भूलने की आदत को तोड़ना थोड़ा सरल है। जिसके लिए किसी सूत्र को याद भर करना काफी है। जैसे– 'पेरु चा पापा' अर्थात पेन, रुमाल, चाभी, पास, पाकिट। घर से बाहर निकलने से पहले 'पेरु चा पापा' कहकर हर चीज़ रखी है कि नहीं, इसे आसानी से याद रखा जा सकता है।

इस पुस्तक में नई आदतें लगाने और अनचाही आदतें छुड़ाने पर मार्गदर्शन दिया गया है ताकि आप नई आदतों को विकसित करके जो चाहे सो निर्माण कर सकें।

स्वयं में सफल जीवन की तकनीकों को पढ़ने की आदत डालने के लिए आपको अनेकानेक शुभ कामनाएँ!

हैपी थॉट्स

खण्ड 1

मन को करें राज़ी

भाग 1

नई आदतें बनाने का अनोखा तरीका

कई लोग जीवन में नई आदतें विकसित करने के लिए अलग अलग संकल्प लेते हैं। जैसे– मैं रोज़ हेल्थ पर काम करूँगा... डायरी लिखूँगा... अच्छी पुस्तकें पढ़ूँगा... पैसों की बचत करूँगा इत्यादि। इससे वे अपने शरीर और मन को प्रशिक्षित करना चाहते हैं। मगर ८०% से ज़्यादा लोग कुछ ही दिनों में उस पर कार्य करना छोड़ देते हैं। हालाँकि शुरुआत में उनके अंदर बहुत जोश होता है मगर वह ज़्यादा समय तक टिक नहीं पाता।

क्या आपके साथ भी कभी ऐसा हुआ है? यदि 'हाँ' तो कोई बात नहीं क्योंकि आप अकेले नहीं हैं। हर इंसान इस समस्या से जूझ रहा है। इसमें समझनेवाली बात यह है कि इतने उत्साह के बावजूद आखिर ऐसा होता क्यों है? सही कारण जानकर आप इस समस्या को सुलझा पाएँगे और आपके संकल्प लंबे समय तक ही नहीं बल्कि जीवन के अंत तक भी टिका पाएँगे।

संकल्प टूटने का कारण जानने से पहले, समझें कि हमारे अंदर आदतें आती कैसे हैं?

१) न्यूरल पाथ वे से :

कुछ आदतें इंसान बेहोशी में बनाता है, जैसे रोज़ देर से उठना... कामों को टालना... अपशब्द कहना... घंटों टी.वी. या वेबसीरीज़ देखना... इत्यादि। कुछ आदतें वह होश में बनाता है, जैसे रोज़ व्यायाम करना... किताबें पढ़ना... सुबह उठते ही प्रार्थना करना... ध्यान करना इत्यादि।

दोनों तरह की आदतें निर्माण होने का मुख्य कारण हैं 'न्यूरल पाथ-वे' यानी दिमाग में बननेवाले मार्ग। कैसे यह आदतें बनाने में सहयोग करते हैं, इसके बारे में हम दूसरे खण्ड में विस्तार से पढ़ेंगे।

२) डी.एन.ए और परवरिश से :

कुछ आदतें इंसान में पहले से मौजूद होती हैं, जो उसके डी.एन.ए. से आती हैं। उदा. किसी लड़की की माँ हमेशा चिंतित रहती है। छोटी से लेकर बड़ी बात में उसे चिंता होती है। यही आदत उस लड़की को अपनी माँ के डी.एन.ए. से मिली होती है, जिस कारण वह भी चिंता की शिकार हो जाती है।

बचपन में मिले संस्कारों, परवरिश से भी कुछ आदतें बनती हैं। जैसे बचपन से ही माँ अपने बच्चे को सिखाती है कि स्कूल से आते ही अपनी बैग जगह पर रखनी है....शूज हमेशा शू रैक में रखने हैं.... खाना खाने से पहले दो मिनिट प्रार्थना करनी है आदि। ऐसी कई छोटी-छोटी आदतें आप आज भी फॉलो कर रहे हैं, जो आपके परवरिश का हिस्सा हैं।

३) समाज और आस-पास के लोगों से :

बचपन से लेकर बड़े होने तक पड़ोसी, अध्यापक, दोस्त और मिडिया भी हमारे अंदर आदत लाने के लिए मुख्य भूमिका निभाते हैं। आज टी.वी. सिरियल, इंटरनेट, सोशल मिडिया, फिल्में आदि में किरदारों को जिस तरह बरताव करते हुए देखा जाता है, उसी तरह लोग भी बरताव करते हैं। उनका बरताव सही है या गलत, यह सोचे बगैर केवल अंधानुकरण करते हुए लोग दिखावे के पीछे भागते हैं।

बचपन में जब ये सभी बातें देखी जाती हैं तब अच्छे-बुरे की समझ न होने के कारण हम गलत आदत में अटकते हैं। जबकि कौन सी आदतें आवश्यक हैं और कौन सी बदलने की आवश्यकता है, इस पर बड़े होने के बाद मनन होना ज़रूरी है ताकि आप क्वालिटी लाइफ जी पाएँ।

क्वालिटी लाइफ यानी आदतों के गुलाम न बनकर, अपनी आज़ादी से सही निर्णय ले पाना कि आप किस वक्त क्या करना चाहते हैं। साथ ही होश में नई आदतों को विकसित करना ताकि आप स्वस्थ, सुखी और संतुष्टिभरा जीवन जी पाएँ। बाद में आपको पछताना न पड़े कि 'काश मैंने अच्छी आदतें डाली होतीं तो मेरा पैसा, समय, ऊर्जा बरबाद होने से बच जाते।'

अत: जीवन को नई दिशा देने के लिए संकल्प लेकर अच्छी आदतें अपनाएँ। मगर यह हो नहीं पा रहा है तो इसका मुख्य कारण है इंसान का अवचेतन मन।

आदतें बनने और बिगड़ने में मन की भूमिका

इंसान का मन अपने आपमें एक चमत्कार है। यही उसके विकास और विफलता दोनों का कारण भी है। इस मन से आप जो चाहे करवा सकते हैं, बशर्ते वह करने के लिए मन खुशी से राज़ी हो। आइए, मन को मनवाने का राज़ भी जान लें।

हमारा मन दो हिस्सों में विभाजित होता है– चेतन और अवचेतन मन (Conscious and Subconscious mind)। यह विभाजन किसी वास्तविक भौतिक आधार पर नहीं बल्कि मनोविज्ञान की एक अवधारणा है।

चेतन मन हमारी एक्टिव (सक्रिय) अवस्था है, जिसके अंतर्गत हम सोच-विचार और तर्क के आधार पर निर्णय या संकल्प लेकर कोई कार्य करते हैं।

अवचेतन मन को स्टोरेज रूम कह सकते हैं। यह मन तर्क और सोच-विचार के आधार पर निर्णय नहीं लेता बल्कि हमारे पिछले अनुभवों और धारणाओं के आधार पर स्वचलित रूप से कार्य करता है। ९० प्रतिशत कार्य हमारा अवचेतन मन करता है और १० प्रतिशत कार्य बाह्य यानी चेतन मन करता है।

दूसरे शब्दों में कहा जाए तो इंसान के जीवन में होनेवाली घटनाएँ, उनमें मिलनेवाले अनुभवों से अंतर्मन की प्रोग्रामिंग होते जाती है। इस प्रोग्रामिंग के अनुसार ही इंसान निर्णय लेता है या कोई कार्य करता है। अर्थात जब इंसान का बाह्यमन और अंतर्मन दोनों किसी बात पर एग्री होते हैं तब उसके जीवन में मनचाहा परिणाम आता है।

जैसे एक इंसान हर साल तय करता है कि 'इस साल से मैं डायटिंग करनेवाला हूँ' मगर होता क्या है? वह सिर्फ बोलता है, करता नहीं है। अब उसके अवचेतन में यह प्रोग्रामिंग हो जाती है कि यह सिर्फ बोलता है, करता नहीं। इसलिए जब भी वह

कुछ करने की ठानता है तो उसका अवचेतन मन तुरंत कहता है, 'यह तुमसे नहीं होनेवाला।' हालाँकि बाहर से इंसान कह रहा है, 'मैं यह-यह करनेवाला हूँ...।' मगर अंदर से उसका अंतर्मन वह करने लिए तैयार नहीं है।

जब तक आपका अंतर्मन नहीं मानता तब तक कोई भी नई आदत बनाना या अनचाही आदतों को तोड़ना असंभव लगता है। इसलिए अंतर्मन का एग्री होना ज़रूरी है, तब ही आपका हर संकल्प पूरा होने में मदद मिलेगी।

अपने मन को मनवाने के लिए उसके साथ वार्तालाप करें। जैसे यदि आपने यह संकल्प लिया है कि 'मैं रोज दिन में तीन बार कॉफ़ी नहीं लूँगा' या 'रोज़ २० मिनट ध्यान करूँगा' तो यह संकल्प लेने से पहले अपने मन से पूछें, 'तुम्हें क्या लगता है यह तुम कितने समय तक करनेवाले हो? १ साल, ६ महीने या ३ महीने?' हो सकता है, मन कहे '१ साल'। मगर उसकी बात को तुरंत सच न मानें। १२ घंटे बाद फिर से पूछें, 'यह तुम कितने दिन करनेवाले हो?' हो सकता है अब की बार मन कहे, 'मैं सिर्फ ६ महीने ही फॉलो करनेवाला हूँ।' इस तरह थोड़ा समय लेकर मन को कम से कम ५-६ बार पूछें। फिर जो जवाब ज़्यादा बार आए उस अनुसार संकल्प लें।

यदि आपका मन ६ महीने के लिए तैयार है तो उसे ६ महीने का ही लक्ष्य दें। ६ महीने बाद फिर से उसके साथ बैठकर बात करें कि 'आगे कितने दिन तुम यह कर सकते हो?'

इस तरह धीरे-धीरे अपने मन को मनवाकर, नई आदतें बनाने के लिए कार्य करें। जब हम ईमानदारी के साथ, अपने मन से बात करते हैं तो हमें उसका सही जवाब मिलता ही है।

मन की बात को पक्का करने के लिए आप एक एग्रीमेंट लेटर भी बना सकते हैं। यह मात्र इसलिए कि यदि बाद में मन बहाना दे तो आप लेटर पढ़कर पुनः उसे राज़ी करवा सकें।

आइए, मन के साथ एग्रीमेंट बनाने का नमूना देखें।

एग्रीमेंट लेटर

प्रिय .... (आपका नाम)

'मैं पूरे होशो-हवास के साथ यह लिख रहा हूँ। नीचे लिखे गए जो भी संकल्प मैंने लिए हैं, उन्हें पूरा करने के लिए मेरा मन पूरी तरह से राज़ी है। जो भी अच्छी आदतें, मैं अपने जीवन में लाना चाहता हूँ, उसके लिए मेरा मन पूरी तरह सहयोग करेगा।

१) मन को साक्षी और ज़िम्मेदार मानकर, 'मैं आज से ६ महीनों तक हर रात को प्रेरणादायी पुस्तक पढ़ने का प्रण लेता हूँ।'

२) मन को साक्षी और ज़िम्मेदार मानकर, 'मैं आज से ३ महीनों तक हर रोज़ ३० मिनट तक व्यायाम करूँगा।'

३) मन को साक्षी और ज़िम्मेदार मानकर, 'मैं आज से हर रोज़ २० मिनट नित्य नियम के साथ ध्यान करूँगा।'

४) मन को साक्षी और ज़िम्मेदार मानकर, 'मैं आज से एक महीने के लिए हर दिन ३ समय कॉफी न लेकर, केवल एक ही समय लूँगा।'

धन्यवाद

हस्ताक्षर

आदतों पर काम करने का यह एक सरल लेकिन अनोखा तरीका है। आप इस तरह, अपनी हर आदत के लिए अलग-अलग एग्रीमेंट लेटर बना सकते हैं या सभी को एक ही लेटर में लिख सकते हैं। साथ ही अपने हस्ताक्षर करके अपनी तैयारी भी दर्शा सकते हैं।

याद रखें, इस एग्रीमेंट में जितनी स्पष्ट अवधि लिखी जाएगी, मन उतना ज़्यादा सहयोग करेगा। अत: आज ही मन से बातचीत करके एग्रीमेंट लेटर बनाने का कार्य करें।

भाग

2

आदत तोड़ने का मुख्य कदम

एक लड़का नादानी की वजह से कई सारी गलत आदतों में फँस गया था। इस कारण उसके पिताजी को हमेशा उसकी चिंता लगी रहती थी। पिताजी के काफी समझाने के बाद भी बेटा अपनी आदतों को छोड़ नहीं पा रहा था।

एक दिन पिताजी बहुत बीमार पड़ गए। डॉक्टरों ने जवाब दे दिया। अंत समय को निकट आता देख पिताजी ने सोचा, 'बेटे को सुधारने का मेरे लिए यह आखिरी मौका है... कुछ न कुछ तो करना चाहिए...।' आखिर उन्होंने एक अनोखी तरकीब ढूँढ़ निकाली। उन्होंने बेटे को पास बुलाकर कहा, 'बेटा, मेरा अंतिम समय आ गया है। क्या तुम अपने पिताजी की आखिरी बात मानोगे?'

बेटे ने कहा, 'ज़रूर पिताजी।'

पिताजी ने कहा, 'बेटा, मेरे जाने के बाद जब भी तुम्हें शराब पीने का मन करे तो हमेशा एक बात याद रखना-

तुम ऐसे इंसान के साथ ही शराब पीना, जो दुनिया का सबसे बड़ा शराबी हो। या तुम्हें कभी जुआ खेलने की इच्छा हो तो ऐसे इंसान के साथ खेलना, जो दुनिया का सबसे बड़ा जुआरी हो।

ऐसी अनोखी आज्ञा सुनकर, बेटा मन ही मन खुश हो गया। उसने सहर्ष ही पिताजी की बात मान ली। पिताजी के मरने के बाद उनकी सारी दौलत बेटे के नाम हो गई। एक दिन उसे शराब पीने की तलब हुई। मगर पिताजी की कही आखिरी बात उसे याद आ गई। वादे के अनुसार वह दुनिया के सबसे बड़े शराबी को ढूँढ़ने निकल पड़ा ताकि उसके साथ बैठकर शराब पी सके।

वह एक से एक बढ़कर शराबियों से मिला और उनसे पूछता रहा कि 'क्या तुमसे भी बड़ा कोई शराबी है?' सभी ने उसे अपने से भी बड़े शराबी के बारे में बताया। आखिरकार ढूँढ़ते-ढूँढ़ते उसे सबसे बड़ा शराबी मिल ही गया। लेकिन वह मिला भी तो कहाँ? अपना होश और सुध-बुध खोए, नशे में चूर किसी गटर में।

शराबी की हालत देख, बेटे को बड़ा ही अफसोस हुआ। शराबी पर उसे बड़ा ही तरस आने लगा। मन ही मन उसने कहा, 'अरे... अरे... इसकी यह हालत! मैं तो सोच रहा था कि सबसे बड़ा शराबी किसी महल में रहता होगा... उसका घर तरह-तरह की देशी-विदेशी शराब की बोतलों से भरा होगा... उसकी साकी उसे जाम पिलाती होगी...। मगर यह क्या? इसकी हालत तो ऐसी है कि इसे गटर से उठानेवाला भी कोई नहीं है।'

सबसे बड़े शराबी की ऐसी दुर्दशा देख बेटे की शराब पीने की तलब जाने कहाँ गायब हो गई। उसे यह दर्शन हुआ कि वह जिस चीज़ के पीछे भाग रहा था, असल में उसका कोई मूल्य ही नहीं है। उसे साफ-साफ दिखाई दिया कि शराब पीने की आदत इंसान को कैसे पूरी तरह बरबाद कर सकती है।

कुछ दिनों बाद उसका जुआ खेलने का मन हुआ। मगर पिताजी की आज्ञा नुसार वह सबसे बड़े जुआरी को खोजने निकला। उसने सभी जुआखाने छान मारे। सभी से पूछता रहा और सभी ने उसे, एक से एक बढ़कर जुआरियों के बारे में बताया। एक दिन उसे दुनिया का सबसे बड़ा जुआरी मिल ही गया। वह किसी खंडहर के पीछे बैठकर जुआ खेल रहा था।

बेटे ने वहाँ जाकर देखा तो वह पत्थरों को दाँव पर लगाकर जुआ खेल रहा था। उसे बड़ा आश्चर्य हुआ कि ये कैसा जुआरी है! उसने लोगों से पूछा कि 'पत्थरों के साथ खेलनेवाला आदमी सबसे बड़ा जुआरी कैसे हो सकता है?' तब किसी ने जवाब बताया, 'वह जुए में सब कुछ लुटा चुका है। अब दाँव पर लगाने के लिए उसके पास कुछ भी नहीं बचा है। लेकिन जुआ खेलने की आदत से लाचार अब वह दिल बहलाने के लिए पत्थरों के साथ खेल लेता है।'

यह सुनकर तो लड़के के होश ही उड़ गए। सबसे बड़े जुआरी का ऐसा अंत! मैंने तो कभी कल्पना भी नहीं की थी। मैंने तो सोचा था कि सबसे बड़ा जुआरी यानी जिसे कोई हरा नहीं सकता होगा... जिसके पास बहुत बड़ा घर होगा... गाडियाँ होंगी... बेशुमार धन-दौलत होगी...। मगर यह इंसान तो सब कुछ बेच-बाचकर इन पत्थरों के साथ खेल रहा है।

क्या वाकई एक गलत आदत में फँसे इंसान की हालत इतनी बेबस और लाचार हो सकती है कि उसे अपना घर-बार सब कुछ बेचना पड़े। यह दर्शन करते ही उसने फैसला लिया कि आज के बाद वह कभी जुआ नहीं खेलेगा।

कहानी में पिताजी ने जब देखा कि उनका बेटा बस कुछ समय टिकनेवाला सुख ही देख पा रहा है और उसी में बार-बार उलझ रहा है तो उन्होंने उसे दर्शन करवाया कि उसकी आदतों का अंजाम क्या होगा।

उसी तरह, हमें भी हमारी आदतें कहाँ ले जा रही हैं, यह जानना होगा। हम जाने-अनजाने या देखा-देखी कई सारी गलत आदतें बना लेते हैं। ये आदतें हमारा विकास कर रही हैं या हमें पीछे ले जा रही हैं, इसका दर्शन होना बहुत ज़रूरी है।

किसी भी गलत आदत से मुक्त होने का मुख्य कदम है 'दर्शन करना'। जिसके लिए :

१) पहले यह देखें कि आपके अंदर कौन-कौन सी गलत आदतें मौजूद हैं।

२) वह आदत आपके अंदर कैसे आई? घर-परिवार से आई है? मित्र-समाज से आई? कौन सी घटना हुई, जिस वजह से यह आदत बनी?

३) दर्शन करें, आज की इस आदत का आपके जीवन पर कितना असर हो रहा है? यानी आज की तारीख में, यह आदत आप पर कितनी हावी है?

४) दर्शन करें, इस आदत से आपको कौन से लाभ मिल रहे हैं?

५) दर्शन करें, जब आदत के विरुद्ध कुछ होता है तो आपके अंदर किस तरह के भाव, विचार उठते हैं या किस तरह की क्रिया होती है? जैसे मन में व्याकुलता या शरीर में खिंचाव आदि।

इस तरह हर आयाम से दर्शन करते समय, किसी के मन में आ सकता है कि 'दर्शन करने मात्र से क्या होगा?' दरअसल बिना दर्शन के आप किसी भी गलत आदत से मुक्त नहीं हो सकते। जब आपके जीवन में कोई भी चीज़ दिखाई देने लगती है तभी आपको उसके प्रति विचार आते हैं, आप उसके ऊपर काम करना चाहते हैं।

दर्शन का दूसरा पहलू है, आपके अंदर बसी हर छोटी से छोटी आदत का ज्ञान होना। इंसान को अपनी बड़ी-बड़ी गलत और अच्छी आदतों के बारे में तो पता होता है मगर ऐसी कई छोटी-छोटी आदतें होती हैं, जो उसे दिखाई नहीं देतीं। इसलिए अपनी हर छोटी-बड़ी, गलत-अच्छी आदतों का पूर्ण दर्शन करे।

इसके लिए अपनी हर आदत को एक डायरी में दर्ज करें। आदतों की लिस्ट बनाते हुए उन्हें चार श्रेणियों में विभाजित करते जाएँ, जो इस प्रकार है :

१) **अच्छी आदतों का दर्शन :**

अच्छी आदतें वे होती हैं, जो हमें हमारे लक्ष्य के करीब ले जाती हैं। इन आदतों से हमें वर्तमान और भविष्य दोनों में लाभ ही लाभ होता है। जैसे एक्सरसाईज करना, सकारात्मक रहना, अच्छी किताबों का पठन करना इत्यादि।

आपके अंदर बहुत सी अच्छी आदतें भी हैं, जिनका दामन थामकर आज आप जहाँ हैं, वहाँ तक पहुँचे हैं। मगर हम सफलता का श्रेय हमेशा बाहरी सभी कारणों को देते हैं, अपनी अच्छी आदतों को छोड़कर।

अतः अपनी अच्छी आदतों का भी दर्शन करें। ये आदतें आपकी नींव हैं, जो आपको एक अच्छा इंसान बनाती हैं। जब हम अपनी अच्छी आदतों की तरफ ध्यान देते हैं तो वे बढ़ने लगती हैं। जीवन में हमें हमेशा इस बात का ध्यान रखना चाहिए कि हमारे अंदर विद्यमान एक छोटी सी भी अच्छी आदत क्यों न हो, उसे सँभालना है, बढ़ाना है।

इसलिए सुबह उठने से लेकर रात सोने तक अपनी अच्छी आदतों को देखें, उनका दर्शन करें। जीवन में ऐसा क्या हुआ, जिस वजह से आपके अंदर यह आदत आई? ऐसा क्या विचार या निर्णय लिया गया, जिस वजह से आपके अंदर यह आदत आई? उस विचार या निर्णय को धन्यवाद दें।

२) गलत आदतों का दर्शन :

गलत आदतें हमें अपने लक्ष्य से दूर करती हैं। ये ऐसी आदतें होती हैं, जिनसे इंसान अपना और सामनेवाले, दोनों का नुकसान करता है। इन आदतों को हम स्वयं भी झेलते हैं और दूसरों को भी इनसे नुकसान पहुँचाते हैं। जैसे धूम्रपान करना। इस आदत से स्वयं तो सिगरेट के धुएँ से अपना स्वास्थ्य खराब करते ही हैं, साथ ही पर्यावरण और अपने आस-पास रहनेवाले लोगों पर भी बुरा असर डालते हैं। गलत आदतों के कई उदाहरण हैं, जैसे गाली-गलौज करना, सामाजिक नियमों का उल्लंघन करना, झूठ बोलना इत्यादि।

जब हम ऐसी आदतों का, होश के साथ दर्शन करते हैं तो वे आदतें धीरे-धीरे कम होने लगती हैं। दैनिक जीवन में उसका असर नहीं के बराबर होने लगता है। चींटी की चाल से ही सही, दर्शन करने के साथ गलत आदतें टूटती हैं। आपके अंदर गलत आदत कितनी भी अकड़कर बैठी हो, दर्शन करने से वह ढीली पड़ने लगती है।

३) न्यूट्रल आदतों का दर्शन :

ये ऐसी आदतें हैं, जो ना ही गलत हैं और ना ही अच्छी। जिसका ना नुकसान है, ना कोई लाभ मगर ये अनचाही हो सकती हैं।

जैसे बालों में हाथ फेरने की आदत, बार-बार थूँकने की आदत, दूसरों से बात करते वक्त खुद ही ज़्यादा बोलने की आदत, बैठे-बैठे पैर हिलाने की आदत इत्यादि।

न्यूट्रल आदतें, ऐसी होती हैं जिनके कारण हमारा इतना ज़्यादा नुकसान तो नहीं होता है, पर हाँ, कभी-कभार दूसरों के सामने हमें हँसी का पात्र बनना पड़ सकता है। या कभी-कभी ये आदतें सामनेवाले में झुंझलाहट पैदा कर सकती हैं। यदि आपमें ऐसी कोई आदत है, जिसे आप छोड़ना चाहते हैं तो जाग्रति के साथ कार्य किया जा सकता है। इसे अगले भाग में विस्तार से पढ़ें।

४) **मंद आदतों का दर्शन :**

मंद आदतें यानी ऐसी आदतें जो आज हमें गलत नहीं लगतीं परंतु भविष्य में इन्हें बदलने की आवश्यकता पड़ सकती है।

जैसे कोई रात को २ बजे सोकर, सुबह ११ बजे उठता है। उसकी दिनचर्या वैसी बन चुकी है इसलिए उसे यह आदत गलत नहीं लगती। परंतु हो सकता है भविष्य में, अपने लक्ष्य और सेहत को ध्यान में रखते हुए उसे जल्दी उठने की आदत डालने की आवश्यकता पड़े। ऐसी आदतों को मंद आदत कहा गया है।

दिक्कत यह है कि हमारी मंद आदतें, कुछ इस तरह हमारे अंदर समाई होती हैं कि हमें यह एहसास ही नहीं होता कि वे हमारे अंदर पनप रही बीमारियाँ हैं।

जैसे, हम जानते हैं कि शराब या सिगरेट पीना बुरी बात है, स्वास्थ्य पर उसका विपरीत प्रभाव पड़ता है और पैसा बरबाद होता है। मगर चूँकि आज बड़ी-बड़ी पार्टी में यह स्वाभाविक बात मानी जाती है। इसलिए लोगों को इसमें बुराई दिखाई नहीं देती। साथ ही ऐसा न करनवाले लोगों की सोच पिछड़ी दिखने लगती है और शराब पीनेवाला खुद को आधुनिक खयालातों का मानने लगता है। इसके अलावा इंसान सोचता है, हम तो सिर्फ ओकेजनली पीते हैं, रोज़ थोड़े ही पीते हैं।

लेकिन जब स्वास्थ्य पर असर पड़ने लगता है, जेब पर असर पड़ने लगता है या परिवार पर असर पड़ने लगता है, तब आँखें खुलती हैं कि 'अरे! यह तो आदत बन गई है और मेरे लिए अच्छी नहीं है।

आदतों की लिस्ट बनाते हुए आप अपनी समझ के अनुसार उन्हें विभाजित करें क्योंकि कुछ आदतें कुछ लोगों के लिए अच्छी हो सकती हैं तो कुछ लोगों के लिए गलत या न्यूट्रल भी हो सकती हैं। यह निर्भर है इंसान पर कि वह उन्हें कैसे लेता है।

इसलिए सबसे बड़ी बात है इनका सामने आना और दर्शन होना। पहले यह पता चलना चाहिए कि यह आदत नहीं, एक बीमारी है। जिसका इलाज भी तभी हो सकेगा, जब आपको उसका दर्शन होगा।

भाग 3

व्यर्थता की हो पहचान

'अरे! दो घंटे हो गए... गेम खेलते-खेलते समय कैसे बीत गया पता ही नहीं चला... सारा घर अस्त-व्यस्त पड़ा है... अब उठकर जल्दी-जल्दी समेटना पड़ेगा... बाद में खाना भी बनाना है...। पता नहीं मैं इतनी देर तक कैसे बैठी रही! रोज़ सोचती हूँ- आज नहीं खेलूँगी, पर फिर से बैठ जाती हूँ...।'

ये पंक्तियाँ आज घर-घर में सुनाई देती हैं। बच्चों से लेकर बूढ़ों तक सब इस रोग के शिकार हैं। समय बिताने के लिए, बोरडम भगाने के लिए आज मोबाइल गेम्स, सोशल मीडिया जैसे कई साधन उपलब्ध हैं। धीरे-धीरे लोगों को इन साधनों की लत पड़ती जा रही है। इंसान की आवश्यक ज़रूरतों में रोटी कपड़ा और मकान के साथ मोबाइल भी शामिल हो गया है।

आज माँ-बाप दोनों नौकरीपेशा होने के कारण बच्चों को पर्याप्त समय नहीं दे पाते इसलिए वे बच्चों को नए-नए खिलौने और गेम्स लाकर देते हैं। समय की कमी के कारण वे बच्चों को टी.वी. पर

कार्टून शो लगाकर देते हैं ताकि बच्चा चुपचाप खाना खा ले। ऐसे में माता-पिता को समय गँवाए बिना बच्चे को खाना खिलाने का कर्तव्य पूरा करने की भावना भी आती है। लेकिन यही बात जब बच्चा बड़े होकर करता है तो वे कहते हैं, 'क्या करें...? आजकल के बच्चे बड़े ज़िद्दी हो गए हैं... मानते ही नहीं... खाना खाते समय टी. वी. लगाना ही पड़ता है।' आज यह आम बात हो चुकी है।

उसी तरह लोग जब बाहर जाते हैं या उनके घर मेहमान आते हैं तब बच्चा ज़्यादा उधम न मचाए, शांति से एक जगह बैठा रहे, इसके लिए माँ-बाप उन्हें मोबाइल पर गेम्स या वीडियोज लगाकर देते हैं। धीरे-धीरे बच्चे को इसकी लत लग जाती है। वह न ठीक से पढ़ाई करता है, न खेलकूद में उसका मन लगता है। जब देखो तब वह सिर्फ मोबाइल पर लगा हुआ रहता है। माँ-बाप बस पछताते रहते हैं।

मोबाइल पर गेम्स खेलना आज आम बात हो गई है। हर उम्र के लोग इसे आसानी से खेल पाते हैं। उसी तरह इंटरनेट पर घंटों-घंटों वीडिओज् देखना, मित्रों के साथ बेवजह चैटिंग करते रहना, बार-बार स्टेट्स अपडेट करते रहना, सोशल मीडिया पर अपनी पोस्ट को कितने लाइक्स् मिले हैं, यह देखते रहना इन्हीं बातों में आज सभी लगे हुए हैं। वे सोचते हैं, 'सब कर रहे हैं तो हम भी कर रहे हैं... इसमें गलत क्या है?'

क्या आपके अंदर भी कोई ऐसी आदत है, जिसमें आप घंटों उलझ जाते हैं और आपको समय का पता ही नहीं चलता? यदि हाँ, तो आपको भी अपनी इस आदत की व्यर्थता यानी निरर्थकता का दर्शन करना होगा। देखना होगा कि यह आदत पालकर आपको क्या मिल रहा है? आज तक इस आदत से आपने क्या-क्या पाया है और क्या-क्या खोया है? जो पाया वह आपके जीवन में कितना महत्त्व रखता है? जो खोया उसकी कीमत कितनी है?

जैसे यदि आपको टी.वी. सीरियल्स देखने की आदत है और आप कोई सीरियल सात-आठ सालों से देखते आ रहे हैं तो खुद से पूछें, 'यह सीरियल मैंने नहीं देखी होती तो मेरे जीवन में क्या फर्क पड़ा होता? यही समय मैंने किसी अच्छी आदत को लगाने में निवेश किया होता तो आज मेरे जीवन में उसका क्या लाभ दिखाई दे रहा होता?'

सवाल पूछने पर आपको पता चलेगा कि वह आदत लाख मोल की है या कौड़ी की? दर्शन करने पर आप जान पाएँगे कि आपने अपने जीवन के सात-आठ

साल के हर दिन का आधा या एक घंटा उस आदत में व्यर्थ गँवाया। यही समय आप किसी कला या भाषा को सीखने में लगाते तो उसमें माहिर हो जाते।

स्वयं से पूछे गए सवालों के साथ आदत की व्यर्थता का दर्शन करने पर आपको यह भी पकड़ में आएगा कि उस एक गलत आदत से आदतों की चेन बनते जा रही है यानी कई और गलत आदतें भी आ गई हैं। जैसे- किसी को रात देर तक मोबाइल पर चैटिंग करने या विडियोज़् देखने की आदत है। तो इस आदत से :

१. सुबह लेट उठने की आदत तैयार होती है

२. ऑफिस या कॉलेज जाने के लिए लेट होता है। इसलिए हर जगह लेट पहुँचने की आदत भी बन जाती है।

३. समय न मिलने पर कार्यों को आगे ढकेलने (पोस्ट्पोन करने) की आदत तैयार हो जाती है।

४. यही बात अगर किसी गृहिणी के साथ है तो उसकी चिड़चिड़ाहट की आदत बन जाती है।

५. इससे घर के काम समय पर पूर्ण न होने पर बाहर से खाना मँगवाना पड़ता है। उससे बच्चों को बाहर का खाना खाने की आदत लग जाती है।

देखा आपने कैसे एक गलत आदत की चेन के दुष्परिणाम संपूर्ण जीवन पर पड़ते हैं।

इन सभी नुकसानों के लिए सिर्फ और सिर्फ आपकी एक गलत आदतें ज़िम्मेदार हैं। जिसका भुगतान आपको किसी न किसी रूप में करना ही पड़ता है।

अपनी आदत को छोड़ने के लिए आपको उसकी व्यर्थता को अलग-अलग तरीकों से खुद के सामने लाना होगा ताकि आपका मन उस आदत को छोड़ने के लिए स्वयं ही राज़ी हो जाए। इसके लिए कुछ तकनीकों को उपयोग में लाकर देख सकते हैं। जैसे-

१. टाइम लॉग बनाना : आपके दिन का कितना समय आवश्यक कार्यों के लिए जाता है और कितना समय गलत आदतों मे नष्ट होता है, यह जानने की शुरुआत करें। इसके लिए एक 'टाइम लॉग' बनाएँ। हर कार्य पूरा होने पर एक पेपर पर समय

दर्ज़ करें। यानी उस कार्य को करने में कितना समय लगा, यह लिखें। फिर दिन के अंत में आवश्यक कार्यों में पूरे दिन के कितने घंटे गए और गलत आदतों में कितने घंटे गए, उसका हिसाब लगाएँ।

लोग हमेशा शिकायत करते दिखाई देते हैं कि उनके कार्य पूरे नहीं होते क्योंकि उनके पास पर्याप्त समय ही नहीं है। हर दिन टाइम लॉग बनाने से आपको अपना समय कहाँ-कहाँ खर्च हो रहा है, यह साफ-साफ दिखाई देने लगेगा।

२. मन को बड़ा अंक बताना : हर बार गलत आदत में जाने के बाद कितना समय आपने उसमें बरबाद किया, यह खुद को बताएँ। यदि आपने एक घंटे के लिए मोबाइल का इस्तेमाल गेम, वीडिओज, चैट आदि के लिए किया तो उसके बाद खुद को यह न बताएँ कि 'आज मैंने १ घंटा बरबाद किया' बल्कि यह बताएँ कि 'आज मैंने मेरे जीवन के तीन हज़ार छह सौ सेकण्डस् बर्बाद किए'। एक घंटा बताया तो मन को लगता नहीं कि कुछ खास समय गँवाया है। लेकिन सेकण्डस् के साथ बड़ा नंबर बताने पर मन को बड़ा समय बरबाद होने का एहसास होगा।

३. गिल्ट को निमित्त बनाना : कुछ लोगों को गलत आदतों में उलझने के बाद गिल्ट (ग्लानि) आता है कि 'हमने अपना कितना समय इसमें बरबाद कर दिया'। जिस वजह से वे इसे छोड़ने का प्रयास करते हैं। परंतु वे ज़्यादा समय तक इन बातों से दूर नहीं रह पाते क्योंकि वे इस आदत के वश हो चुके होते हैं और उन्हें कुछ नया विकल्प दिखाई नहीं देता या उनके जीवन में कोई लक्ष्य भी नहीं होता।

लेकिन कुछ लोगों के साथ यह गिल्ट धीरे-धीरे जमा होकर एक दिन इतना बढ़ जाता है कि वे ठान ही लेते हैं, 'बस! अब इस आदत में और समय नहीं गँवाना है' और वे उस आदत से मुक्त हो जाते हैं।

यदि आपको भी इस तरह गिल्ट आता है और उससे गलत आदतों को छोड़ने की प्रेरणा मिलती है तो आप इस तरीके को अपना सकते हैं। यानी गलत आदतों की व्यर्थता का दर्शन करके, खुद को बताकर कि इससे आपका कितना समय, कितनी ऊर्जा नष्ट हो रही है, गिल्ट को बढ़ाकर, उसे निमित्त बनाएँ ताकि वे आदतें स्वतः ही छूट जाएँ। ध्यान रहे, यदि गिल्ट से आपको नैराश्य यानी डिप्रेशन आता है तो यह तरीका बिलकुल भी इस्तेमाल न करें।

भाग 4

होश से तोड़े आदतें

बहुत समय पहले की बात है। बच्चों में अपने कार्य के प्रति जाग्रति लाने के लिए परीलोक द्वारा एक प्रयोग किया गया। इसके लिए एक परी पर बच्चों को समझाने की ज़िम्मेदारी सौंपी गई। उसने सोचा, 'सारे बच्चों को एक साथ समझाने से बेहतर है कि किसी एक लड़की को पहले समझाया जाए।' इसके लिए उसने एलिसिया नाम की लड़की का चुनाव किया क्योंकि एलिसिया बहुत शरारती थी। परी ने सोचा एलिसिया जैसी शरारती बच्ची में यदि जाग्रति आएगी तो अन्य बच्चों पर यह प्रयोग ज़रूर सफल होगा। बहरहाल, एलिसिया को समझाने के लिए परी ने एक बोलनेवाले तकिए का आविष्कार किया।

उसने वह तकिया एलिसिया को तोहफे के रूप में देकर कहा, 'यह एक अनोखा तकिया है। तुम दिन में जो भी काम करोगी, वह रात में आकर अपने इस तकिए को बताना और यह भी तुमसे बात करेगा।'

एलिसिया तकिए का तोहफा पाकर बहुत खुश हुई। दूसरे दिन रात को जब वह बिस्तर पर सोने गई तब तकिए ने उससे पूछा, 'एलिसिया मुझे बताओ, आज तुमने क्या-क्या किया?' परी के कहे अनुसार एलिसिया सब कुछ तकिए को बताने लगी। ऐसे ही दिन बीतने लगे। उन दिनों में जब एलिसिया कोई गलत कार्य के बारे में बताती, जैसे- 'मैंने मेरे भाई से झगड़ा किया, माँ की मदद नहीं की या खुद के बेडरूम को साफ-सुथरा नहीं रखा' तब तकिया अलग-अलग आवाज़ें निकालकर एलिसिया को परेशान करता और वह मुश्किल से नींद ले पाती। जिस दिन एलिसिया कुछ अच्छे कार्य करती, उस दिन तकिया उसे प्यारभरी लोरी गाकर सुलाता।

कई दिनों तक यह सिलसिला चलता रहा। धीरे-धीरे एलिसिया के अंदर कार्य के प्रति जाग्रति बढ़ने लगी। उसे अच्छा कार्य करने से आनंद और बुरा कार्य करने पर अपराधी महसूस होता था। इस तरह उसका ध्यान बुरे कार्य से हटने लगा। तकिए के साथ निरंतरता से बात करके उसने सीख लिया कि हर काम होश में करना है ताकि वह आनंदित रहे और रात को तकिया उसे प्यारी सी लोरी सुनाए।

एलिसिया में आया सकारात्मक बदलाव देखकर परी ने सभी बच्चों पर यही प्रयोग किया।

एलिसिया की तरह होश और जाग्रति के अभाव में इंसान भी गलत आदतों का शिकार हो जाता है इसलिए उसमें जाग्रति आना आवश्यक है। आज की पीढ़ी को सजगता की सबसे अधिक आवश्यकता है। उनके दिमाग में बहुत से विचार चलते रहते हैं, एक ही समय में उन्हें बहुत सारे कार्य करने होते हैं। जैसे पढ़ाई करना, मित्र के साथ बाहर जाना, मोबाइल पर गेम खेलना आदि। साथ ही मोबाइल का इस्तेमाल करने के लिए अधिक से अधिक समय पाने के लिए वे अपने कपड़े, जूते, किताबें कहीं पर भी रख देते हैं और फिर ढूँढ़ते रहते हैं। अगर उनके ये कार्य जाग्रति के साथ होंगे तो उन्हें किसी चीज़ को ढूँढ़ने की आवश्यकता नहीं रहेगी, साथ ही समय की बचत भी होगी।

जाग्रति के बिना इंसान उस शराबी के समान है, जो हमेशा नशे में रहता है और उसे पता ही नहीं चलता कि वह क्या कर रहा है। इसे एक चुटकुले से समझते हैं।

एक बार एक शराबी इमारत की पहली मंज़िल से नीचे गिर गया। नीचे गिरने के कारण ज़ोरदार आवाज़ हुई, जिसे सुनकर वहाँ बहुत से

लोग जमा हो गए। भीड़ में से किसी ने शराबी से पूछा, 'क्या हुआ?' उसका सवाल सुनकर शराबी ने उठते हुए कहा, 'मुझे भी नहीं पता, मैं तो अभी-अभी यहाँ आया हूँ।'

देखा आपने! वह शराबी इतने नशे में था कि उसे पता ही नहीं चला कि वह कितनी ऊँचाई से नीचे गिरा। केवल नशे में ही नहीं बल्कि बुराई में भी लोग बेहोश हो जाते हैं। वे एक ही गलती बार-बार दोहराते हैं। वे कभी किसी लत का शिकार होते हैं तो कभी लालच में पड़कर धोखा देनेवालों के साथ जुड़ जाते हैं। यह चक्र बार-बार चलने से उनकी परेशानियाँ बढ़ जाती हैं।

दरअसल मन की आदत है बेहोशी में रहना क्योंकि यह उसके लिए आसान और सुविधाजनक होता है। हर गलत आदत बेहोशी में ही तैयार होती है। होश में रहकर कोई भी गलत कार्य हो ही नहीं सकता। इसलिए जाग्रति के साथ हर आदत पर कार्य किया जाए।

जाग्रति के साथ कार्य करना यानी क्रिया करते वक्त होश में रहना। जैसे चाभी को 'की होल्डर' में टाँगते हुए, जूते उतारकर शू रैक में रखते हुए, मोबाइल वॉलेट पेन को मेज पर रखते हुए, खाने की प्लेट लगाते हुए तथा अन्य दैनिक कामों को करते हुए १०० प्रतिशत सजग रहना चाहिए। दिनभर इस तरह कार्य करना मुमकिन न भी हो तो दिन के कार्यों के बीच पंद्रह मिनट निकालकर जाग्रति का अभ्यास करने की आदत डालें।

जिन लोगों ने अपने लिए बड़े लक्ष्य निर्धारित किए हैं, उन्हें नकारात्मक आदतें तोड़ने और नई सकारात्मक आदतें डालना बहुत ज़रूरी है। और यह जाग्रति के बिना संभव नहीं है। जाग्रति से कार्य करके ही आप अपनी गलत आदत से छुटकारा पा सकते हैं।

जब आप गलत आदतों में जा रहे हैं तब उसे जाग्रति से देखना शुरू करें। यानी हर छोटी-छोटी क्रिया को होते हुए देखें, जानें। इससे उस आदत के प्रति आपका होश बढ़ने लगेगा।

मान लीजिए, किसी को नाखून कुतरने की आदत है। वह हर समय, हर जगह अपने नाखून कुतरते रहता है। सभी उसकी इस आदत से परेशान हैं। वह खुद भी इस आदत को छोड़ना चाहता है। इससे छुटकारा पाने के लिए उसे इस आदत को होशपूर्वक दोहराना होगा। नाखून चबाने की संपूर्ण क्रिया को उसे होश में रहते हुए देखना होगा। जैसे :

- हाथ मुँह में जा रहा है...
- अब दाँतों से मैं नाखून चबा रहा हूँ...
- मुँह में इसका कसैला सा स्वाद आ रहा है...
- नाखून के भीतर की गंदगी मेरे पेट में जा रही है...

इस तरह पूरी प्रक्रिया होश में करने से हो सकता है नाखून चबाने की आदत छूट जाए। आइए, एक और उदाहरण से इसे समझते हैं।

मानो, आपको बहुत ज्यादा टी.वी. देखने की आदत है और आप दिनभर टी.वी. से चिपके रहते हैं। जिस वजह से आपके ज़रूरी काम भी रह जाते हैं और लाइट बिल भी ज़्यादा आता है। इससे छुटकारा पाने के लिए होशपूर्वक टी.वी. देखें यानी टी.वी. देखते-देखते यह भी जानें कि :

- कैसे आपकी आँखें टी.वी. पर चिपकी हुई हैं
- कैसे किरदार के हाव-भाव के साथ आपके चेहरे के हाव-भाव भी बदल रहे हैं
- टी.वी. की आवाजों के उतार-चढ़ाव को सजगता से पकड़ें
- टी.वी. में दुःखद दृश्य देखकर कैसे आपकी भावना बदल रही है, इसका दर्शन करें

इस एक्सरसाइज में सजगता से टी.वी. देखकर आप कुछ समय के लिए उससे अलग होते जाएँगे और टी.वी के कार्यक्रमों के प्रति धीरे-धीरे आपका लगाव भी कम होते जाएगा।

संभावना है कि आप भूल जाएँ आपको होश में टी.वी. देखना है या सजग रहकर नाखून चबाने हैं। ऐसे में आप रिमाइंडर सिस्टम बना सकते हैं। जैसे यदि आप रोज़ रात ८ बजे से ११.०० बजे तक टी.वी. देखते हैं तो आप ८.१५, ८.४५, ९.१५... आदि समय का मोबाइल अलार्म सेट करें ताकि आप बीच-बीच में सजग होकर टी.वी. देख पाएँ। वैसे टी.वी का कमर्शियल ब्रेक भी आपके लिए रिमाइंडर का कार्य कर सकता है। कमर्शियल ब्रेक आपके भीतर जाग्रति लाने का मौका बन सकता है।

भाग 5

आदतों की जड़ों पर प्रहार

अपनी गलत आदतों को तोड़ते वक्त कई बार इंसान को असफलता का सामना करना पड़ता है। वह ठान लेता है कि 'आज से मैं फलाँ आदत बंद कर दूँगा'। मगर देखता है कि कुछ ही दिनों तक वह इस निर्णय पर अमल कर पाता है और फिर से पुरानी आदत के अनुसार कार्य करने लगता है।

गहराई से देखेंगे तो इसका कारण पकड़ में आएगा कि वह सीधे-सीधे उस आदत पर प्रहार करने की कोशिश करता है। जबकि उस आदत की जड़ें उसके अंदर इस तरह घर कर चुकी होती हैं, जैसे किसी विशाल वृक्ष की जड़ें जमीन के अंदर काफी गहराई तक फैल चुकी होती हैं। ऐसा वृक्ष कितने ही तूफान आएँ, अपनी मज़बूत जड़ों के दम पर डटकर उनका सामना करते हुए सालों-साल ज्यों का त्यों खड़ा रह पाता है।

ठीक इसी तरह कोई आदत इंसान के अंदर इतनी गहराई तक पहुँच चुकी होती है कि ऊपर-ऊपर से उस पर काम करना पर्याप्त

नहीं होता। जिन बातों के बल पर वह आदत टिकी हुई है, पहले उन्हें खोखला करना होगा।

किसी भी आदत के टिके रहने में बेहोशी छिपी होती है। दरअसल इंसान की एक आदत के पीछे कई ऐसे पहलू होते हैं, जो उसे सुविधा और आराम प्रदान करते हैं, जिनसे वह अनजान होता है। आदत को पक्का करने में इन सुविधाओं की, उस माहौल की बहुत बड़ी भूमिका होती है। आदत इन्हीं सुविधाओं के ऊपर खड़ी होती है। दिखते वक्त तो केवल वह आदत दिखती है। जबकि वृक्ष की जड़ों की तरह आदतों की जड़ें भी अंदर छिपी हुई होती हैं।

जैसे यदि किसी को देर तक सोने की आदत है तो उसके पीछे पलंग का कम्फर्ट, ठंड में रज़ाई से मिलनेवाली गरमाहट, मंद रोशनी जैसी कई बातें होती हैं, जो उसे और सोने के लिए मजबूर करती हैं। बेहोशी के कारण इंसान को ये बातें दिखाई नहीं देतीं। वह सिर्फ दिखाई देनेवाली आदत यानी 'देर से उठना' इस पर ही कार्य करने की कोशिश करता है लेकिन नाकामयाब हो जाता है।

यदि आप अपनी कोई गलत आदत तोड़ना चाहते हैं तो पहले आपको उस आदत के साथ कौन-कौन सी सुविधाएँ जुड़ी हुई हैं, जिनके कारण आदत पक्की हुई है, इसके प्रति जाग्रति बढ़ानी होगी। कुछ सुविधाएँ मोटी-मोटी होंगी तो कुछ बहुत ही सूक्ष्म। मोटी सुविधाएँ आप आसानी से पहचान पाएँगे लेकिन सूक्ष्म सुविधाओं को पहचानने के लिए आपको गहराई में काम करना होगा। सभी को पहचान कर उन्हें कम करते हुए आदतों को मुश्किल या बोरिंग बनाना होगा।

जैसे कोई इंसान नहाने के लिए आधा घंटा लगाता है। उसकी इस आदत से उसे ऑफिस जाने में देर हो जाती है, जिससे वह परेशान है। अब यदि वह इस आदत को तोड़ना चाहता है तो उसे नहाते वक्त मिलनेवाली हर सुविधा को ढूँढ़ना होगा।

जैसे बाथरूम में वह मोबाइल ले जाकर गाने सुनता है (निःसंदेह मोबाइल को पानी से बचाकर रखता है)। इससे उसे काफी रिलैक्स महसूस होता है। फिर शॉवर का इस्तेमाल करने की वजह से उसे पानी डालने की मेहनत नहीं करनी पड़ती और शरीर पर गरम पानी लेते रहना अच्छा लगता है। इन्हीं कारणों से वह जल्दी बाथरूम से बाहर नहीं आ पाता क्योंकि इससे उसकी ये सुविधाएँ छूट जाएँगी।

अब इस आदत को तोड़ने के लिए उसे पहले कुछ दिनों तक गाने लगाना बंद

करना होगा। फिर शॉवर की बजाय बकेट का इस्तेमाल शुरू करना होगा। इस तरह धीरे-धीरे एक-एक सुविधा की पकड़ ढीली होती जाएगी क्योंकि गाने न होने की वजह से वह बोरियत महसूस करेगा और बकेट से नहाने में तकलीफ भी होगी। इससे वह देर तक बाथरूम में रहने की इस आदत को छोड़ पाएगा।

उसी तरह किसी इंसान को शराब पीने की आदत है, जिसे वह छोड़ना चाहता है। जब भी वह शराब पीता है तब वह एक कुर्सी लेता है, सामने टेबल पर वेफर्स या चिवड़ा रखता है। फिर टी.वी. चलाकर आराम से सोफे पर बैठकर शराब पीते रहता है। अब ऐसी आरामदेह अवस्था भला कौन छोड़ना चाहेगा!

मगर वाकई कोई इससे बाहर आना चाहता है तो उसे होशपूर्वक इस आदत के साथ जुड़ी सुविधाओं का दर्शन करना होगा और हर हफ्ते एक-एक सुविधा को कम करना होगा। जैसे पहले हफ्ते में उसे सामने चिवड़ा या वेफर्स नहीं रखना है। दूसरे हफ्ते में टी.वी. न चलाकर शराब पीनी है। तीसरे हफ्ते में बिना कुर्सी लिए खड़े होकर शराब पीनी है। इस तरह एक-एक सुविधा कम करने से उसे शराब पीने में बोरियत महसूस होगी और उसकी शराब पीने की गलत आदत छूट जाएगी।

बेहोशी में क्रिया करने से इंसान को मालूम ही नहीं पड़ता कि उसकी एक आदत के साथ बहुत सारी सुविधाएँ जुड़कर उसे व्यसनी बना देती है। इसलिए गलत आदतें तोड़ने के लिए पहले उसे सुविधाओं को तोड़ना होगा, जिसके लिए छोटे-छोटे प्रयोग करने होंगे।

जैसे एक इंसान को चॉकलेट खाने का बड़ा शौक था। घर आते ही उसे सामने चॉकलेट से भरा काँच का जार दिखाई देता था। जिसे देखते ही उसका मन लल-चाता, मुँह में पानी आता और चॉकलेट खाने से वह खुद को रोक नहीं पाता था।

अब इस आदत को तोड़ने के लिए पहले उसने सोचा, 'सारे चॉकलेटस् बाँट दूँ या फेंक दूँ'। मगर इसके लिए उसका मन तैयार नहीं हुआ तो सबसे पहले उसने काँच के जार से स्टील के जार में चॉकलेट रखें ताकि सीधे न दिखने पर क्रेविंग (तीव्र इच्छा) कम होगी। फिर कुछ दिनों बाद उसने चॉकलेट का जार अलमारी के ऊपर रख दिया।

अब जब भी उसे चॉकलेट की क्रेविंग होती तो अलमारी पर से जार उतारने के लिए पहले स्टूल लाना पड़ता, उस पर खड़े होकर जार उतारना पड़ता। इस परिश्रम

से उसकी चॉकलेट खाने की संख्या कुछ कम हुई मगर उसे और कम करना था तो वह उस जार को अपने माता-पिता/भाई-भाभी के कमरे में रख आया। अब जब भी उसे क्रेविंग होती तो दूसरे के कमरे में जाने से थोड़ी हिचकिचाहट भी होती। कभी ले भी आता लेकिन दोबारा जाने में शर्म आती। इस तरह असुविधा बढ़ाने से उसका चॉकलेट खाने का नंबर न्यूनतम हो गया। फिर धीरे-धीरे उसकी चॉकलेट न खाने की नई आदत विकसित हो गई।

इस तरह यदि कोई आदत से जुड़ी सुविधाओं की जड़ों को पहचाने और एक-एक कर उन्हें काटते जाए तो गलत आदत का वृक्ष गिरने में ज़्यादा समय नहीं लगेगा।

भाग

6

मनन द्वारा प्रोत्साहन पाएँ

एक इंसान रविवार की सुबह गार्डन में टहलने गया। वहाँ अनेक लोग थे, जिनमें से कुछ जॉगिंग तो कुछ वॉकिंग कर रहे थे। उनके चेहरे पर खुशी, उत्साह तथा स्फूर्ति देखकर उस इंसान को बहुत अच्छा लगा।

तभी उसकी नज़र एक बुज़ुर्ग पर गई, जो लगभग पैसठ-सत्तर साल के होंगे। उन्हें देख इस इंसान को बड़ा आश्चर्य हुआ कि इस उम्र में भी वे अपने बेटे और पोते के साथ जॉगिंग कर रहे थे... गार्डन के इतने चक्कर लगाने के बाद भी उनके चेहरे पर बिलकुल भी थकान दिखाई नहीं दे रही थी। उनकी ऊर्जा और उस परिवार का आनंद उस इंसान के दिल को छू गया।

वहीं एक और परिवार भी उसे दिखा, जिसमें लगभग उसी उम्र के एक बुज़ुर्ग थे, जो व्हिलचेअर पर बैठे थे और उनका बेटा व्हिलचेअर ढकेलते हुए उन्हें गार्डन के चक्कर लगा रहा था। व्हिलचेअर को ढकेलने में उसे थोड़ी दिक्कत महसूस हो रही थी, जिस कारण वह

थका-थका सा दिख रहा था। उसका दस साल का बेटा अपने साथ खेलने की ज़िद कर रहा था लेकिन उसने मना किया और बेटे को अकेले ही खेलने भेज दिया।

लेकिन दोनों परिवारों की विपरीत स्थिति देखकर उस इंसान के मन में सवाल उठा- 'आखिर ऐसा क्यों हुआ? भगवान ऐसा क्यों करता है?' उससे रहा नहीं गया और उसने वापस मुड़कर व्हिलचेअर ढकेलनेवाले इंसान को रोककर पूछा कि उसके पिताजी को क्या हुआ है? उसने जवाब दिया, 'पिताजी अपने पूरे जीवन में उनके बिज़नेस में काफी व्यस्त रहे। उन्होंने बहुत धन कमाया, हमें महँगे स्कूल, कॉलेज में एडमिशन दिलवाई, बड़ा बंगला बनाया... लेकिन ये सब करते हुए उन्होंने अपने स्वास्थ्य की ओर ध्यान ही नहीं दिया। धीरे-धीरे उन्हें डायबीटिज, ब्लड प्रेशर आदि बीमारियों ने घेर लिया। जिस कारण आज उनकी यह हालत हुई है। डॉक्टर ने उन्हें खुली हवा में घुमाने की सलाह दी है इसलिए मैं उन्हें यहाँ लाता हूँ।'

फिर वह पहले परिवार के पास गया और बेटे से पूछा, 'आपके पिताजी इस उम्र में भी इतने स्वस्थ हैं, इसका राज़ क्या है?' उसने बताया, 'पिताजी ने हमेशा बिज़नेस के साथ-साथ अपने और हम सभी के स्वास्थ्य पर बहुत ध्यान दिया है। वे हमेशा बताते थे, स्वास्थ्य ही असली दौलत है और उन्होंने बचपन से हम सभी को व्यायाम की, सही खान-पान की आदत लगाई। जिस वजह से आज वे खुद भी स्वस्थ जीवन का आनंद ले रहे हैं और हमें भी उन्होंने स्वास्थ्य की दौलत दी है।'

वह इंसान वहाँ से निकला लेकिन उसके मन में विचारों की श्रृंखला शुरू हो गई। घर जाने के बाद वह गहरी सोच में डूब गया। उसे आश्चर्य हो रहा था कि एक आदत इंसान के जीवन को कहाँ ले जा सकती है!... उन दोनों परिवारों में केवल एक आदत का ही तो फर्क था... लेकिन एक परिवार कैसे आनंद, उत्साह से लबालब भरा था और दूसरे में धन-दौलत होते हुए भी दुःख ही दुःख था...'।

वह सोचने लगा, 'मैंने आज तक कभी व्यायाम को इतना महत्त्व दिया ही नहीं... मैं भी तो आज अपनी नौकरी में आगे की लेवल्स पर जाने के लिए एक्स्ट्रा मेहनत कर रहा हूँ... घंटों-घंटों ऑफिस में रुक रहा हूँ ताकि बॉस को इंप्रेस कर पाऊँ... मैंने भी अपने बेटे को आज के जमाने के सारे महँगे खिलौने लाकर दिए हैं, लेकिन उसे कभी गार्डन में या खुले मैदान में खेलने नहीं ले जा सका हूँ... पत्नी भी हेल्दी खाना बनाए तो उसे डाँटकर टेस्टी, तले हुए खानों की डिमांड करता हूँ... अगर मैं आगे भी ये ही बातें दोहराऊँगा तो अपने बुढ़ापे में बीमारियों से घिर जाऊँगा...

और फिर मेरे बेटे को भी मेरा बोझ ढोना पड़ेगा...।'

'नहीं–नहीं! मैं अपने बेटे पर ही नहीं, किसी पर भी बोझ नहीं बनना चाहता...।' वह ज़ोर से चिल्ला उठा। मनन करते-करते उसने आज की आदतों के साथ अपने जीवन का आखिरी समय देख लिया। उसके बाद उसने ठान लिया कि 'चाहे कुछ भी हो जाए, मैं हर दिन व्यायाम करूँगा, अपने बेटे और पत्नी को भी इसमें शामिल करूँगा और हेल्दी खाना ही खाऊँगा।'

एक घटना ने उस इंसान को मनन करने पर मजबूर कर दिया। क्या हम भी किसी ऐसी घटना का इंतज़ार करें या बिना किसी घटना के ही, अपने जीवन की सारी संभावनाओं को मनन की शक्ति द्वारा देख डालें।

मनन यानी किसी विषय पर, उसके सभी पहलुओं पर गहराई से सोचना। इस कहानी में शारीरिक स्वास्थ्य के साथ-साथ मनन को आपने जाना। इसी तरह जीवन के हर पहलू पर मनन किया जा सकता है। जैसे पारिवारिक और मानसिक स्वास्थ्य बनाए रखने के लिए आपको अपने परिवार में कौन सी आदतें लानी होंगी... अपनी सारी ज़रूरतें और चुनिंदा चाहतों को पूरा करने के लिए पैसों के साथ कौन सी आदतें विकसित करनी होंगी आदि।

मनन वह तलवार है, जिससे इंसान को सही और गलत का पता चलता है। अपने भूतकाल, वर्तमान और भविष्य को, एक साथ देखकर एक पेपर पर लिखने से उसे हर चीज़ स्पष्ट रूप से दिखाई देने लगती है और उससे योग्य कार्य होने लगते हैं।

लिखित मनन से आपके अंदर आत्मविश्लेषण करने की कला आती है। क्योंकि लिखते समय जब आप अपने बीते जीवन पर नज़र डालते हैं तब आपके द्वारा हुई गलतियाँ आपको स्पष्ट रूप से दिखाई देती हैं। जिन्हें सुधारकर भविष्य को सुनहरा बनाने का प्रण लिया जा सकता है।

लिखित मनन का यह भी फायदा है कि आपका मन आपको घुमाता नहीं है। विचारों के साथ संभावना होती है कि कोई पॉईंट छूट जाए। मगर जब इंसान लिखित में मनन करता है तो जीवन के प्रति उसे अपना दृष्टिकोण और अपनी विचारधारा पता चलती है।

जिन लोगों को लिखने की आदत नहीं है, उन्हें शुरुआत में आलस्य आएगा, उनका मन लिखना टालना चाहेगा, बहाने देगा और कहेगा, 'इसे बाद में लिखते हैं।'

लेकिन बाद में क्या होता है, इसका अनुभव आपने ज़रूर किया होगा। जो महत्वपूर्ण बातें मनन के दौरान पकड़ में आई हैं, उन्हें समय पर कलमबद्ध न करने पर वे बातें बाद में छूट जाती हैं। इसलिए आप जो भी मनन करें, उसे उसी वक्त लिख डालें। कुछ दिनों के बाद आप अपने आपको इस प्रशिक्षण के लिए शाबाशी देंगे।

नई आदतें डालने के लिए मनन

अपने अंदर नई आदतें डालने के लिए गहराई से मनन करें कि दस साल बाद आपका जीवन कैसा होना चाहिए? जीवन के आखिरी पड़ाव को आप कैसे देखना चाहते हैं? उसके लिए आज से ही कौन-कौन सी आदतों पर कार्य करना चाहिए?

जैसे किसी को समय पर पहुँचने की आदत डालनी है तो वह मनन करें :

१) नई आदत से होनेवाले फायदें क्या होंगे : अपराधबोध से बचेंगे... समय की बचत होगी... अनुशासन आएगा... समय का सदुपयोग होगा आदि

२) आदत न डालने के नुकसान क्या हैं : कुछ न कुछ चीज़ें छूट जाएँगी... लेट लतिफ के नाम से जाने जाएँगे... आदि

३) समय पर न पहुँचने की आदत आपमें कहाँ से आई : दोस्त से/ वातावरण से/माता-पिता से आदि।

गलत आदतें तोड़ने के लिए मनन

नई आदतें डालने के साथ-साथ आपको अपने अंदर की गलत आदतों को भी मनन की शक्ति द्वारा तोड़ना होगा।

उदा. किसी के अंदर कंजूसी की आदत है तो उसे मनन करना चाहिए कि कंजूसी से अब तक उसे क्या हासिल हुआ है? क्या इस आदत से उसके परिवारवाले, आजू-बाजू के लोग खुश हैं? और सबसे महत्वपूर्ण, इस बात पर मनन हो कि पैसा जमा करके उसने अपने भविष्य को तो सुरक्षित किया मगर क्या उसने वर्तमान का आनंद लिया?

इस तरह अलग-अलग आयामों को ध्यान में रखकर खुद से सवाल पूछने से हर आदत तोड़ी जा सकती है। गलत आदतों को तोड़ने के लिए गहराई से मनन कैसे

करना है, इसे एक उदाहरण से जानते हैं।

मानो, किसी को ज़्यादा खाने की आदत है तो इस पर मनन कर, खुद से सवाल पूछें, 'इससे मेरा क्या-क्या नुकसान हो रहा है?' और उन्हें डायरी में लिख डालें। जैसे-

१) शरीर का नुकसान- अनावश्यक फैटस् बढ़ना, मोटापे से होनेवाली बीमारियाँ पनपना, उसके लिए दवाइयों का सेवन करना, सुस्ती बढ़ने से कार्यों में उत्साह न रहना।

२) पैसों का नुकसान- मनचाहा खाना खरीदने के लिए और बाद में डॉक्टर और दवाइयों के लिए पैसे खर्च करना।

३) पारिवारिक नुकसान- परिवारवालों का परेशान होना, उन्हें लोगों के ताने सुनना पड़ना, उनका बजट बिगड़ना, शादी के लिए रिश्ता ढूँढ़ने में तकलीफ होना।

इसी तरह इस आदत को तोड़ने के फायदों पर मनन कर लिखें। जैसे-

१. सेहत अच्छी होगी   २. कार्यों में उत्साह रहेगा

३. पैसों की बचत होगी   ४. परिवार आनंदित रहेगा आदि।

हो सकता है इस तरह मनन करने के लिए आपका मन आनाकानी करे, बहाने दे। मगर खुद को बताएँ कि मनन में आनेवाला यह भी एक प्रकार का पड़ाव है, जहाँ मन कारण देता है। जो इंसान इसे भी पार करता है, वही ऐसी आदतों से छुटकारा पाने में कामयाब होता है।

याद रहे, आपका मनन तब तक अधूरा है, जब तक वह आपके जीवन में कार्यरत नहीं हुआ है।

ऑर्गनाइज़्ड होने की नई आदत डालने के लिए मन को राज़ी करें

कदम : लेटर	ऑर्गनाइज़्ड होने के लिए मन के साथ बातचीत करके एग्रीमेंट लेटर बनाएँ।
कदम : होशपूर्ण दर्शन	देखें कि आप दिनभर में चीज़ें कहाँ-कहाँ रख देते हैं अपने आस-पास नज़र घूमाकर देखें कि कौन-कौन सी चीज़ें बिखरी पड़ी हैं
कदम : हर आयाम से लिखित मनन	अ) नई आदत न डालने के नुकसान : ऑफिस या घर अव्यवस्थित दिखना। चीज़ें समय पर न मिलने से समय की बरबादी और चिड़चिड़ाहट होना। ब) आदत डालने के फायदें : अनुशासन आना। हर चीज़ को अपनी जगह पर ठीक से रखने का सलीका आना। व्यवस्थित रूप से रखी गई वस्तुओं को देखकर साफ-सुथरेपन का एहसास होना। चीज़ें तुरंत मिलना। क) डिसऑर्गनाइज़्ड (अव्यवस्थित) होने की आदत आपमें कहाँ से आई : (मनन कर लिखें) ....

मुँहफट जवाब देने की आदत तोड़ने के लिए मन को राज़ी करें

कदम : लेटर	→	मुँहफट जवाब देने की आदत तोड़ने के लिए एग्रीमेंट लेटर बनाएँ।
कदम : होशपूर्ण दर्शन	→	दर्शन करें कि कहाँ-कहाँ आप मुँहफट जवाब देते हैं? कहाँ-कहाँ चाहते हुए भी आप खुद को रोक नहीं पाते?
कदम : हर आयाम से लिखित मनन	→	अ) आदत से हो रहे नुकसान : अहंकारी और अविवेकी समझा जाना। रिश्तों में दरारें आना। लोगों का आपसे बात करने में कतराना। ब) आदत तोड़ने से होनेवाले लाभः रिश्ते अच्छे होंगे। प्रतिसाद में सुधार आए-गा। लोगों के मन में अच्छी छवि बनेगी। क) मुँहफट जवाब देने की आदत आपमें कहाँ से आई : (मनन करके लिखें). ....
कदम : मुश्किल और बोंरिग बनाएँ	→	अ) मुँह में पेन डालकर बोलें ब) हाथों को फोल्ड करके बात करें क) पॉज लेकर, धीमी आवाज़ में बात करें

खण्ड 2

दिमाग में बनाएँ नए मार्ग

भाग 7

ब्रेन वायरिंग का वैज्ञानिक ज्ञान

आपने कई बार सुना होगा कि हमारे मस्तिष्क में अद्भुत शक्तियाँ छिपी हैं। पर क्या आपको पता है कि इनमें से एक शक्ति का उपयोग आप अपनी आदतें बदलने के लिए भी कर सकते हैं? जी हाँ! यह सच है। दिमाग के अलग-अलग हिस्सों पर हुई खोजों में, उसके कुछ ऐसे पहलू सामने आए हैं, जिनमें से एक है– दिमाग के कार्य करने का तरीका। इस तरीके को समझकर और दिमाग को योग्य दिशा देकर, नई आदतें विकसित की जा सकती हैं।

यह तरीका है, 'ब्रेन री-वायरिंग' का। वैज्ञानिक भाषा में इसे, 'न्यूरोप्लास्टिसिटी' कहते हैं। इसके ज़रिए आप मस्तिष्क में स्थित पुराने सॉफ्टवेयर को अपग्रेड ही नहीं बल्कि उसका एक नया एडवान्स्ड वर्जन तैयार कर सकते हैं। दिमाग में बसी पुरानी नकारात्मक आदतों को तोड़कर, अपने अंदर नई अच्छी आदतें विकसित कर सकते हैं। यह एक स्मार्ट और बेहतर तरीका है, जिसके उपयोग से आप एक क्वालिटी लाइफ जी पाएँगे।

न्यूरॉन सेल्स और दिमागी मार्ग (ब्रेन वायरिंग)

हमारे दिमाग में कॉर्टेक्स नामक एक भाग होता है, जिसके नीचे बेसल गैंग्लिया होता है। इस भाग में आदतें तैयार होती हैं और वहीं पनपती रहती हैं। इसके अलावा हमारे दिमाग में कई न्यूरॉन सेल्स होते हैं। ये शरीर के सभी अंगों तक संदेश पहुँचाने का कार्य करते हैं। जब हम कोई क्रिया करते हैं, तब ये न्यूरॉन्स आपस में एक वायर जैसे तंतु (एक्सॉन्स) के ज़रिए संपर्क करते हैं। जब हम वही क्रिया, उसी प्रकार से दोहराते हैं तब उन न्यूरॉन्स के बीच में बार-बार संपर्क होता है। इससे उनका जोड़ पक्का होता जाता है और एक रास्ता तैयार हो जाता है, जिसे 'न्यूरल पाथवे या ब्रेन वायरिंग' कहा जाता है।

जैसे सुबह उठते ही सबसे पहले हमारा हाथ टूथ ब्रश की ओर जाता है। क्या आपने कभी गौर किया है ऐसे क्यों होता है? क्योंकि यह आदत हमारे अंदर बचपन से डाली गई थी, जो आज तक जारी है।

ब्रश करने की क्रिया बार-बार दोहराई जाने से हमारे मस्तिष्क की तारें आपस में जुड़ती गईं। और दिमाग में एक मार्ग पक्का होता गया। यह क्रमानुसार हर रोज़ होता रहा और वह आदत गहरी होती गई। इस हद तक कि यदि आप एक दिन ब्रश न करने का तय करें तो आपको बेहद असुविधाजनक लगता है।

यह बिलकुल उस तरह है जैसे किसी खाली जमीन पर उगी घास से अगर कोई रोज़ गुज़रे तो कुछ ही दिनों में वहाँ रास्ता बन जाता है। बाद में आनेवाले लोग भी नया रास्ता बनाने की बजाय, उसी बने बनाए आसान रास्ते से जाना पसंद करते हैं।

यही बात दिमाग के साथ भी लागू होती है। इंसान जितनी बार कोई क्रिया दोहराता है, उतना वह मार्ग पक्का होता जाता है और वह आदत बन जाती है। क्योंकि नए रास्ते से जाने में उन्हें खतरा महसूस होता है। कुछ नया करने की बजाय, हम दिमाग में बने पुराने मार्ग के अनुसार कार्य करना पसंद करते हैं। क्योंकि हमें कुछ नया करने में असुरक्षा या असुविधा महसूस होती है।

इंसान जब हर रोज़ या बार-बार एक तरह का कार्य दोहराता है, तब दिमाग बस उन छोटी-छोटी क्रियाओं को याद रखता है और रास्ता बना लेता है। जैसे कोई इंसान सुबह उठकर पहले बाल्कनी में जाता है, सिगरेट पीता है, उसके बाद फ्रेश होकर चाय पीता है। यह क्रिया वह हर दिन दोहराता है। इससे उसके दिमाग में यह

मार्ग पक्का हो जाता है, जो उसकी आदत बन जाती है।

इस क्रम की इतनी बार पुनरावृत्ति होती है कि बाद में वह इंसान चाहकर भी आसानी से वह आदत छोड़ नहीं पाता। वह उठकर पहले बाल्कनी में ही जाएगा, सिगरेट पीएगा और उसके बाद ही फ्रेश होकर चाय पीएगा। वह बिना सोचे दिमाग में बने इस क्रम के अनुसार ही हर क्रिया करेगा।

किसी भी क्रिया को कई बार दोहराने से वह क्रिया स्वचलित यानी ऑटोमैटिक होने लगती है। इसे ही हम आदत कहते हैं। इसी कारण दिनचर्या के कई सारे कार्य हम सहजता से कर पाते हैं। लेकिन ब्रेन वायरिंग का दूसरा नकारात्मक पहलू यह है कि इंसान अपने अंदर कुछ गलत आदतों का भी निर्माण करता है । जिनसे जब उसका या किसी और का नुकसान होने लगता है तब वह इन्हें बदलने की सोचता है। जब वह नई आदत डालने की कोशिश करता है तब दरअसल वह अपने दिमाग में नए मार्ग बनाना शुरू करता है। किंतु जब तक उस आदत को रोज़ नहीं दोहराया जाता तब तक नया मार्ग धुँधला ही रहता है। साथ ही उस आदत के साथ जुड़े पुराने मार्ग इतने पक्के होते हैं कि इंसान बार-बार पुराने मार्गों पर वापस जाता है यानी पुराने तरीके से बरताव करता है।

यदि आप अपनी पुरानी गलत आदतों को तोड़कर, नई अच्छी आदतें विकसित करना चाहते हैं तो आपको वही फॉर्मूला अपनाना होगा, जो पुरानी आदत बनने के लिए कारण बना। जो है- रिपिटिशन यानी पुनरावृत्ति। अब आपको नई आदत के लिए अपने दिमाग में नया मार्ग न सिर्फ बनाना है बल्कि निरंतर दोहराव के साथ उसे पक्का करना है। इसे ब्रेन 'रि-वायरिंग' कहते हैं।

फिर भी एक सवाल बचता है कि क्या ब्रेन रि-वायरिंग के बाद पुरानी आदतें या इच्छाएँ (क्रेविंग्ज) वापस नहीं आएँगी?

इस पर काफी रिसर्च हुए हैं। मान लें, किसी को मीठा खाना बहुत ही ज़्यादा पसंद है और उसने चार-पाँच सालों से वह खाना छोड़ दिया है। ऐसे में यदि उसके सामने मिठाई आए तो उसके अंदर वह खाने की इच्छा या क्रेविंग होगी। लेकिन इसके साथ ही, चूँकि उसने उस आदत का रि-वायरिंग किया है, उसके ब्रेन का दूसरा हिस्सा कहेगा, 'नहीं; तुम्हें यह खाने की ज़रूरत नहीं है।' उसके दिमाग का यह हिस्सा क्रेविंग के हिस्से की तुलना में ज़्यादा प्रभावी होगा।

इसका अर्थ इंसान क्रेविंग को नहीं भूलता, उसका वायरिंग उसके दिमाग में होता है। भले ही वह क्रेविंग उसे खाने के लिए 'हाँ' कहे मगर रोकने की नई रि-वायरिंग उसे रोकने के लिए ज़्यादा ताकत से 'हाँ' कहती है और वह उस क्रेविंग में फँसने से बच जाता है।

रिसर्च में देखा गया कि एम.आर.आय. रिपोर्ट में दोनों तरीके के न्यूरॉन्स सक्रिय थे। मगर चूँकि ब्रेन ऊर्जा को बचाने की कोशिश करता है, वह नए रास्ते को ही ऊर्जा देता है, न कि पुराने को।

मान लें, आप किसी छोटे रास्ते से कई सालों से जा रहे थे। मगर वहाँ पर कुछ काम चलने के कारण आपको दूसरे नए बड़े रास्ते से जाना पड़ा। अब इस रास्ते से कई सालों तक जाने के कारण आप पुराने रास्ते से जाना भूल ही जाते हैं। जबकि आप कई साल उसी छोटे रास्ते से जा रहे थे। इसी तरह नया रि-वायरिंग करने से पुराना वायरिंग अंदर होते हुए भी ब्रेन नए रास्ते का ही चुनाव करता है और आपकी पुरानी आदत टूट जाती है।

भाग 8

पुरानी आदतों का खिंचाव

लोग अपनी कई गलत आदतें छोड़ना चाहते हैं। जैसे– दाँतों से नाखून कुतरना, दिन में कई बार चाय या कॉफी पीना, धूम्रपान करना, जंक फूड खाना, बिना वजह गप्पे लड़ाना, दूसरों की बुराई करना, ज़्यादा खाना खाना आदि। फिर भी उन्हें इन आदतों से छुटकारा नहीं मिलता। क्योंकि इनसे जुड़ी भावना उन्हें ऐसा करने से रोकती है। इसे वैज्ञानिक भाषा में एक उदाहरण से समझते हैं।

मानव मस्तिष्क में ६० से भी अधिक न्यूरोट्रान्समिटर्स पाए जाते हैं, जिनमें चार मुख्य न्यूरोट्रान्समिटर्स पर काफी गहरा शोधकार्य हुआ है। ये न्यूरोट्रान्समिटर्स मस्तिष्क में खुशी, मज़ा, शांति, आराम, उत्साह यानी सारी अच्छी भावनाओं को सक्रीय करने के 'रसायन' छोड़ते हैं, जिससे हमारे मन की स्थिति यानी मूड बेहतर हो जाता है। जब भी शरीर की इंद्रियों को कोई पसंद आनेवाली चीज़ मिलती है तो यह संदेश न्यूरोट्रान्समिटर्स द्वारा मस्तिष्क को मिलता है और वह 'फील गुड केमिकल्स' को रिलीज करता है। जिस वजह से इंसान

उस अच्छी भावना को फिर-फिर से पाने के लिए वह क्रिया दोहराता है। आगे वही उसकी आदत बन जाती है।

जैसे आपको यदि दिन में कई बार चाय या कॉफी पीने की आदत है। ऐसे में जब भी आप चाय या कॉफी पीने की इच्छा व्यक्त करते हैं, उसके पहले ही आपके मस्तिष्क में स्थित बेसल गैंग्लिया, जो कि आदतों और स्मृतियों का भंडार घर है, वहाँ मौजूद न्यूरॉन सेल्स उत्तेजित होते हैं और दूसरे न्यूरॉन्स को संदेश पहुँचाते हैं। इससे आपके अंदर चाय पीने की अति तीव्र इच्छा जाग्रत होती है।

यदि आप चाय पीना टालते हैं तो आपको बेचैनी महसूस होती है। आपका मन किसी भी काम में नहीं लगता, आपको चिड़चिड़ाहट होने लगती है। आप अपना ध्यान कहीं और लगाने का प्रयास करते हैं मगर यह भी नहीं हो पाता। आपको थकावट का एहसास होने लगता है, सिरदर्द शुरू हो जाता है। ये बातें आपको तुरंत चाय पीने पर मजबूर करती हैं।

चाय मिलते ही आप देखते हैं कि अचानक से सब ठीक हो जाता है। बेचैनी, परेशानी, सिरदर्द पलभर में गायब हो जाते हैं और आपको राहत मिलती है। चाय का एक घूँट पीते ही मस्तिष्क की कोशिकाओं को संदेश मिल जाता है और अंदर की उत्तेजना शांत हो जाती है। मस्तिष्क में अच्छी लगनेवाली भावनाएँ जाग्रत हो जाने के कारण आपको ताज़गी महसूस होती है। इन भावनाओं के जगने का कारण अच्छे लगनेवाने रसायन होते हैं, जो न्यूरोट्रान्समिटर्स द्वारा सक्रीय किए जाते हैं।

इसलिए रोज़मर्रा के कार्यों में, जब भी कुछ बाधा आती है या जब इंसान अपनी आदत से अलग कुछ करता है तब वह परेशान हो जाता है। वह जल्द से जल्द अपनी पुरानी आदत में जाना चाहता है।

आदतें बनते वक्त इंसान का दिमाग अच्छे और बुरे में फर्क नहीं समझता। बाद में नैतिकता के आधार पर वह उसे अच्छा या बुरा मानता है। इंसान का दिमाग केवल निरंतर दोहराए जानेवाले कार्य के अनुसार मार्ग (आदतें) बनाता है। इसलिए कुछ आदतें नुकसानदेह होने के बावजूद वह केवल अच्छा महसूस करने के लिए उन्हें रोज़ दोहराता है।

हकीकत में इंसान की हर नकारात्मक आदत का बुरा असर उसके शरीर और मन पर होता है। ब्रेन वायरिंग की वजह से केवल थोड़े समय के लिए अच्छा लगने

की भावना उभरती है मगर यह लंबे समय में हानिकारक सिद्ध होता है।

पुरानी मार्गों का खिंचाव : भावना

लंबे समय तक किसी चीज़ के बारे में नकारात्मक भावनाएँ दोहराने से, उनके भी न्यूरल पाथ-वे मज़बूत और चौड़े हो जाते हैं। जिस वजह से चाहकर भी इंसान उन बातों के साथ सकारात्मक भावनाएँ नहीं ला पाता। अनजाने में ही सही लेकिन पुरानी आदतों में उसका विश्वास इतना दृढ़ होता है कि उनके प्रभाव के कारण नए का स्वीकार करना उसके लिए बहुत मुश्किल होता है। इसे एक ऐनालॉजी द्वारा समझते हैं।

मान लें, एक इंसान को किसी हॉल के एक कोने में लाल रंग के रबर बैंड से बाँधा गया है। उसी हॉल के दूसरे कोने में दुनिया का सबसे खूबसूरत चित्र रखा गया है। उसे बताया जाता है कि 'हॉल के दूसरे कोने में विश्व का सबसे खूबसूरत चित्र रखा गया है, जिसकी यह खासियत है कि उसे लंबे समय तक देखने से आँखों की क्षमता बढ़ जाती है।' ऐसे अद्भुत चित्र का वर्णन सुनकर उस इंसान को वहाँ जाने की इच्छा हुई। किंतु जब-जब उसने हॉल के दूसरे कोने में जाने का प्रयास किया तब-तब उस लाल रबर बैंड ने उसे पीछे खींचा। फिर भी अपनी सारी ताकत बटोरकर वह आखिर उस चित्र तक पहुँच ही गया। लेकिन वह ज़्यादा समय तक चित्र देख नहीं पाया क्योंकि लाल रबर बैंड लगातार उसे पीछे से खींच रहा था। वह चित्र देखने के लिए उसे हर बार बहुत मेहनत करनी पड़ रही थी।

इस उदाहरण में लाल रबर बैंड आपकी गलत आदतों का प्रतीक है। आप लक्ष्य की ओर बढ़ना चाहते हैं मगर आपको पीछे से गलत आदतों का खिंचाव महसूस होता है।

दरअसल यह खिंचाव है आदतों के पीछे मिलनेवाली सुखद भावनाओं का। इंसान जब कुछ देखता या सुनता है तो उससे जुड़ी पुरानी भावना उसे याद आती है और वह उस आदत में चला जाता है। जैसे मोबाईल का नोटिफिकेशन आने पर दिमाग को पहले देखे गए विडियोज से निर्माण सुखद भावना याद आती। यही वजह है कि हर 'टींग' की आवाज पर वह तुरंत अपनी तृप्ति के लिए मोबाईल देखना चाहता है।

इसी तरह जब कोई किसी से एक निर्धारित जगह और समय पर मिलता है

तो उसका ब्रेन फील गुड केमिकल्स पाने लिए वही आदत दोहराता है। जैसे रोज खाने (समय) के बाद मित्रों (लोग) के साथ मिलकर पान-टपरी (जगह) पर सिगरेट सुलगाना।

अर्थात 'लोग-जगह-समय' इंसान के लिए आदत में जाने का फार्मूला बन जाता है। कई बार आपने यह महसूस किया होगा कि आपका कोई पुराना दोस्त, पुरानी जगह पर मिले तो पुरानी यादें ताजा हो जाती हैं और दिमाग फिर से पुरानी बातों को दोहराकर, पुरानी भावनाओं को लाना चाहता है।

यदि आप कोई पुरानी आदत बदलकर नई आदत का निर्माण करना चाहते हैं तो आपको उसके साथ जुड़ी नकारात्मक भावनाओं को बदलने का कार्य भी करना होगा। अर्थात नई आदत के साथ अच्छी भावना को जोड़ना होगा, जिससे पुराने मार्ग को धुँधला होने में मदद मिलेगी। कैसे? आइए इसे उदाहरण से समझते हैं।

जैसे एक बच्चा देखता है कि रविवार की सुबह घर के सभी सदस्य बहुत खुश होते हैं। उस दिन घर में नॉन व्हेज बनता है। यह दृश्य हमेशा देखने के कारण बच्चे के दिमाग में नॉन व्हेज खाना और खुशी का न्यूरल पाथ-वे बनते जाता है। बड़े होकर किसी शारीरिक बीमारी के कारण जब डॉक्टर उसे कुछ खास प्रकार का नॉन व्हेज पदार्थ खाने से परहेज कर, अपने खाने में उबले हुए पदार्थ खाने की सलाह देते हैं तब वह नॉन व्हेज पदार्थ को छोड़ नहीं पाता। दरअसल दिमाग में बने पाथ-वे के कारण इंसान वह पदार्थ खाकर खुशी की भावना महसूस करता है।

मगर जब बात सेहत की हो तो अपनी भावनाओं को सही जगह जोड़ना सीखना होगा। जैसे उबले हुए या सादे खाने के साथ भी खुशी की भावना जोड़नी होगी, मिल-बाँटकर खाने का आनंद जोड़ना होगा। उसके सुगंध और रंग को अच्छा महसूस करना होगा। स्वास्थ्य से मिलनेवाली खुशी पर ध्यान केंद्रित करना होगा, उससे मिलनेवाले लाभों का वर्णन करना होगा।

इसे बार-बार दोहराने से उबले और सादे खाने के लिए बनाया गया नया मार्ग मज़बूत होकर, यह उसके जीवन का अंग बन जाएगा। इस तरह नई आदत के फायदे दोहराकर, दिमाग को यह संकेत दिया जा सकता है कि नया मार्ग सुरक्षित है।

कई बार नई आदतों से मिलनेवाला आनंद उतना ज़्यादा नहीं होता, जितना पुरानी वृत्ति को दोहराने पर मिलता है। जैसे गुस्सा करने के बाद शरीर में जो राहत

की भावना होती है, वैसी शांत प्रतिसाद देने के बाद नहीं मिलती। लेकिन ऐसा नहीं है कि नए कार्य के साथ अच्छे लगनेवाले केमिकल्स रिलीज नहीं होते। दरअसल इंसान इतना संवेदनशील नहीं होता कि वह उसे समझ पाए। उसके दिमाग में जो पुरानी वायरिंग हुई है, उससे मिलनेवाली अच्छी भावना, नए कार्य से मिलनेवाली अच्छी भावना से ज़्यादा प्रभावी होती है, जिस कारण वह उसे पकड़ नहीं पाता।

इसलिए ज़रूरी है कि दिमाग में नए न्यूरल पाथ-वे बनाते वक्त नई आदतों से आपको कितना आनंद, स्वास्थ्य, समाधान और शांति मिलनेवाली है, यह स्वयं को बार-बार बताएँ। हर बार नई आदत दोहराने के बाद अच्छा महसूस करने की एक्टिंग करें। जैसी एक्टिंग की जाती है, धीरे-धीरे वैसे भाव भी उठने लगते हैं। एक बार अच्छे भाव उठने लग गए तो यह नई आदत से मिलनेवाला आनंद पुरानी आदत से मिलनेवाले आनंद से ज़्यादा प्रभावी बनेगा।

जब भी नई और पुरानी आदतों की उलझन में आपका मन फँस जाए तब दिमागी मार्गों का यह रहस्य ज़रूर याद करें। इस रहस्य के साथ नई आदतें अपनाना आपके लिए बहुत आसान हो सकता है।

अब मनन द्वारा यह जानने का प्रयास करें कि ऐसी कौन सी आदतें हैं, जिनसे आपको आज अच्छा तो लगता है मगर लंबे समय तक उन्हें जारी रखना आपके लिए नुकसानदाई होगा।

साथ ही ऐसी नई आदतें खोज लें, जिन्हें अपनाने से आपको न सिर्फ उस वक्त अच्छी भावना मिलेगी बल्कि उन आदतों से आपका जीवन सुंदर और सफल बनने में मदद मिलेगी। चाहे वह हर दिन ध्यान करने की आदत हो, शरीर को व्यायाम देने की आदत हो, अपने आस-पास के लोगों की मदद या कोई सेवाकार्य करने की आदत हो। ऐसी आदतें अपनाकर, आज से ही अपने जीवन को सही मायने में सुंदर बनाने का कार्य शुरू किया जा सकता है।

भाग 9

दिमागी फिल्टर का कार्य

प्रतीक ने तय किया कि वह किसी खास ब्रांड की मोटर साइकिल खरीदेगा। जिस दिन उसने निश्चय किया, उस दिन से उसे रास्ते पर चलनेवाली गाड़ियों में उसी ब्रांड की गाड़ियाँ बार-बार दिखने लगीं। उसे आश्चर्य हुआ कि ऐसा कैसे हुआ। थोड़े समय के लिए उसे लगा कि कहीं यह उसकी आँखों का वहम तो नहीं! मगर कई दिन लगातार ऐसा ही चलता रहा।

आपने भी अपने साथ यह कई बार देखा होगा कि जो वस्तु आप खरीदना चाहते हैं, वही बार-बार आपके सामने आती है। क्या वह चीज़ पहले मौजूद नहीं थी? वह पहले भी थी परंतु आपको दिखाई नहीं देती थी। अब ऐसा क्या हुआ कि आपको हर जगह वह दिखने लग गई? दरअसल इंसान के दिमाग की रचना में इसका राज़ छिपा है।

इस दिमागी रचना को विज्ञान में रेटिक्युलर एक्टिवेटिंग सिस्टम - आर.ए.एस. (RAS) कहा जाता है। मानव शरीर में जहाँ रीढ़ की

हड्डी दिमाग के साथ जुड़ती है, वहाँ पर आर.ए.एस. व्यवस्था मौजूद होती है।

शरीर के हर इंद्रिय द्वारा दिमाग को लगातार कई सारी जानकारियाँ मिलती रहती हैं। लेकिन आर.ए.एस. व्यवस्था एक फिल्टर की तरह काम करती है। वह उन्हीं जानकारियों को सामने लाता है, जो हमारे लिए महत्वपूर्ण है।

अब सवाल आता है कि हमारे लिए कौन सी जानकारी महत्वपूर्ण है, यह आर.ए.एस. को कैसे पता चलता है? जिन बातों पर हम ज़्यादा ध्यान देते हैं, जिन्हें दोहराते हैं, उन बातों को महत्वपूर्ण जानकारी मानकर, आर.ए.एस. व्यवस्था उन्हें अंदर लेती है और समय अनुसार यह जानकारी हमारे सामने लाई जाती है।

जैसे आपने देखा होगा कि जब कोई बहुत दूर से आपका नाम पुकारता है तो आस-पास भरपूर शोर होने के बावजूद आपको अपना नाम आसानी से सुनाई देता है। क्योंकि आप वह नाम बचपन से सुनते आए हैं, आपका उस नाम के साथ ट्यूनिंग हो गया है और आर.ए.एस. व्यवस्था ने उसे अंदर लिया होता है। इसलिए वह आपको सुनाई देता है।

इसी तरह आप जिन बातों, विचारों पर आप ध्यान देते हैं, वह धारणाएँ यानी बिलीफ बनकर आपकी आर.ए.एस. व्यवस्था में दर्ज हो जाती हैं। फिर आपके सामने आती रहती हैं। जैसे कुछ लोगों की धारणा होती है, 'लोग बुरे होते हैं।' इस धारणा पर ध्यान देने से उनके जीवन में आए लोग कितने भी अच्छे हों, उनके साथ बुरा व्यवहार ही करते दिखाई देते हैं। इससे आर.ए.एस. व्यवस्था में उनकी धारणा और पक्की हो जाती है कि 'लोग बुरे हैं।'

गलत आदतों के पीछे भी लोगों की आर.ए.एस. में छपी धारणा काम करती है इसलिए इन्हें समझना महत्वपूर्ण है।

आजकल लोगों की धारणा है, 'पार्टी करनी चाहिए... वीकएण्ड पर होटल जाना चाहिए...किसी भी मौके को सेलिब्रेट तो करना ही चाहिए... फिर वह ब्रेकअप ही क्यों न हो... पार्टी तो बनती है!'

यहाँ तक तो ठीक है मगर कुछ लोग तो केवल अपनी गलत आदतें जारी रखने के लिए नई धारणाएँ बनाते हैं। जैसे 'पार्टी में तो पीना ही पड़ता है', यह कहकर अपनी लत को जारी रखते हैं।

ये उदाहरण दर्शाते हैं कि लोगों से सुनकर, कुछ देखकर, अनुभवों के आधार पर धारणाएँ बनती हैं। आगे चलकर RAS व्यवस्था उन बातों को सच साबित करने के लिए आपके सामने वैसी ही घटनाएँ लाती है। जितने ज़्यादा सबूत आपको मिलते हैं, उतने ही आपके बिलिफ्स पक्के होते जाते हैं। जितना गहरा आपका बिलिफ होता है, उतनी ज़्यादा बार आप उसे दोहराते हैं। इस तरह यह साइकिल चलती रहती है।

कुछ लोगों को फास्ट ड्रायविंग करने की आदत होती है। जिसके पीछे उनकी कुछ धारणाएँ होती हैं, जो उन्होंने लोगों से सुनी हुई होती हैं। जैसे 'फास्ट ड्रायविंग करने से तनावमुक्त महसूस होता है... शरीर में उत्तेजना आती है, फास्ट ड्रायविंग साहस की निशानी है...' आदि। ये धारणाएँ उनकी RAS व्यवस्था में बैठ जाती हैं और फिर वह उनकी क्रियाओं को भी प्रभावित करती हैं। जिस कारण डल महसूस होने पर वे फास्ट ड्रायविंग करते हैं और इससे उन्हें उत्तेजित होने का अनुभव भी मिलता है। यह बार-बार करने से उन्हें फास्ट ड्रायविंग की लत लग जाती है।

आर.ए.एस. का उपयोग कैसे करें

दिमाग में बसी इस व्यवस्था के बारे में अनेकों को जानकारी नहीं होती। इसलिए अनजाने में लोग आर.ए.एस. व्यवस्था को कई बार गलत जानकारी और सूचनाएँ भी दे देते हैं। जैसे 'मेरे पास समय ही नहीं है... यह मुझसे हो ही नहीं सकता... मैं इस आदत को छोड़ ही नहीं सकता' आदि।

अब आर.ए.एस. व्यवस्था की इस जानकारी का उपयोग आप अपनी गलत आदतें और धारणाओं को बदलने के लिए कर सकते हैं। आज तक आपने बेहोशी में इस व्यवस्था को गलत सूचनाएँ दी हैं। किंतु आज के बाद आप होश के साथ इस व्यवस्था को नई और सकारात्मक जानकारियाँ देना शुरू कर सकते हैं। जैसे-

अगर आप समय नष्ट करने की आदत से मुक्ति पाना चाहते हैं तो दिनभर यह वाक्य दोहराएँ, 'मैं अपने समय का सदुपयोग अपनी उन्नति और अच्छे कार्य करने के लिए करता हूँ।' उत्साह और आंतरिक शक्ति से ये वाक्य बार-बार कहते रहें। इसके साथ यह चित्र भी देखें कि आप समय पर कार्य कर रहे हैं और समय के उपयोग से संतुष्ट हैं।

मानो, किसी को आधी रात में उठने की आदत है और वह उसे तोड़ना चाहता

है तो अच्छी नींद लेने पर ध्यान दें। साथ ही यह वाक्य दोहराएँ कि 'मैं रातभर अच्छी नींद लेकर सुबह फ्रेश (तरो-ताजा) होकर उठ रहा हूँ।'

ऐसा करने से आर.ए.एस. व्यवस्था को आपका लक्ष्य अच्छी तरह याद रहेगा और आवश्यक रिमाईंडर्स स्वतः ही मिलने लगेंगे। कुछ ही समय में आपको उसके सबूत भी मिलेंगे।

अब अपने साथ बैठकर तय करें कि कौन सी आदत तोड़नी है और कौन सी बनानी है। फिर उसकी सूचना इस व्यवस्था में दर्ज़ करें। एक वाक्य बनाकर उसे दोहराएँ। उसके बाद कुछ समय तक अपनी आदत से जुड़ी घटनाएँ, वस्तुएँ और लोगों पर ध्यान दें ताकि इस जानकारी से आर.ए.एस. (RAS) व्यवस्था आपके सामने वैसी ही घटना और लोग लाएगी, जिससे आदतों पर कार्य करना आसान होगा।

भाग

10

पुरानी और नई आदतों का जोड़

परीक्षा में फेल होने की खबर से अंजली को बहुत बुरा लगा। उसने तय किया कि अपनी दिनचर्या को वह इस तरह बदलेगी कि ज़्यादा से ज़्यादा समय पढ़ाई कर पाए। इस लक्ष्य के साथ अंजली ने अपना नया टाइम टेबल बनाया। उसने निर्णय लिया कि अब वह सुबह जल्दी उठेगी, अपने खान-पान का ध्यान रखेगी, स्वास्थ्य के लिए व्यायाम करेगी और समय नियोजन करके भरपूर पढ़ाई करेगी। शुरुआत के आठ दिन वह अपने निश्चय के अनुसार टाइम टेबल का पालन कर पाई। मगर बहुत कोशिशों के बावजूद आठ दिनों के बाद उसकी पुरानी आदतें लौट आईं।

सहजता से दोहराई जानेवाली आदतों का राज़

पुरानी आदतें दोहराने की इच्छा इंसान को बार-बार क्यों होती है? वास्तव में बिना किसी सूचना के, इंसान का दिमाग दिनभर की गतिविधियों को याद रखता है। इससे पुराने कार्यों के दिमागी मार्ग पक्के बनते जाते हैं। कुछ दिनों के बाद ऐसा दौर आता है कि बिना

सजगता के दिन में कई कार्य हो जाते हैं क्योंकि दिमाग उन कार्यों को सहजता से दोहरा पाता है। इंसान का दिमाग रोज़मर्रा की गतिविधियाँ स्वचलित बनाता है ताकि उनके बारे में रोज़ सोचने की आवश्यकता न पड़े और उन्हें बदलने का कोई कारण न बचे। ये कार्य इंसान की आदत बनते हैं, जिनसे उसका व्यक्तित्व बनता है।

पुराने के साथ नए के जोड़ से नव निर्माण

ज़्यादातर लोग नए संकल्प को ज़्यादा दिन जारी नहीं रख पाते क्योंकि अपनी दिनचर्या में अचानक से कोई नई आदत जोड़ना दिमाग के लिए कठिन और असुविधाजनक होता है। कारण पुरानी दिनचर्या से जुड़ी आदतों की वायरिंग अंदर पक्की हुई होती है। लेकिन पुरानी आदतों के साथ ही यदि आप कुछ नए कार्य जोड़ें तो दिमाग उन्हें पुराने दिमागी मार्गों के साथ जोड़ देता है। इससे नई आदतें विकसित होने में आसानी होती है और बहुत जल्द वे पक्की हो जाती हैं।

पुरानी आदतों के न्यूरल पाथवे पक्के होने की वजह से दिमाग उन पर चलने के लिए पहले से राज़ी होता है। इसी बात को ध्यान में रखकर, पुरानी और नई आदतों के जोड़ निर्माण कर, नई आदतें आसानी से अपनाई जा सकती हैं।

जैसे यदि आपको घर में एक नई जगह पर बल्ब लगाना है तो आप पूरी तरह से नई वायरिंग नहीं करते। यह कठिन और महँगा होता है। इसके बजाय आप जहाँ पर बोर्ड है, वहीं से आगे एक वायर जोड़कर उस बल्ब तक इलेक्ट्रिसिटी पहुँचाते हैं। इसी तरह यदि आप कोई नई आदत डालना चाहते हैं तो उसे पुरानी अच्छी आदत से जोड़ दें ताकि पुरानी आदत की वायरिंग के साथ ही नई आदत की वायरिंग जुड़ जाए।

यहाँ पर दैनंदिन कामकाज में दोहराई जानेवाली पुरानी आदतें और उनके साथ जोड़ने के लिए कुछ नई, अच्छी आदतों के उदाहरण दिए गए हैं। इनके आधार पर आप जिन आदतों और गुणों पर कार्य करना चाहते हैं, उनकी सूची अपने लिए बना सकते हैं।

स्वास्थ्य से संबंधित आदतें :

१) क्या आप व्यायाम की आदत डालना चाहते हैं लेकिन इसमें आपको काफी कठिनाई महसूस हो रही है? यदि 'हाँ' तो व्यायाम को रोजमर्रा की किसी आदत के साथ जोड़ दें। जैसे बच्चे को स्कूल छोड़ने या घर के ज़रूरी सामान लाने के लिए जाते वक्त आप पैदल जाना शुरू कर सकते हैं। ऑफिस जाते

वक्त गाड़ी कुछ दूरी पर पार्क कर वहाँ से आगे पैदल जा सकते हैं। बच्चों के साथ रोज़ एक स्पोर्ट खेलना तय कर सकते हैं। लिफ्ट आने तक खड़े-खड़े जॉगिंग की जा सकती है या आधे रास्ते में सीढ़ियों का इस्तेमाल कर सकते हैं।

२) यदि आप रोज़ प्रार्थना करने की नई आदत अपनाना चाहते हैं तो यह तय कर सकते हैं कि प्रार्थना किए बिना खाना नहीं खाना है। ऐसे में भूख लगने पर स्वतः ही प्रार्थना करना याद आएगा। स्कूल में अगर आपने इस आदत को अपनाया होगा तो आपके दिमाग में इसका न्यूरल पाथवे पहले से मौजूद होगा। केवल उसे दोहराना बंद करने की वजह से वह पाथवे अब धुँधला हो गया है। खाना खाने से पहले की गई प्रार्थना का आपके स्वास्थ्य पर भी सकारात्मक परिणाम होता है।

ऑफिस के कामकाज से संबंधित आदतें :

१) यदि आप ऑफिस के कामों का नियोजन कर समय पर उन्हें पूरा करना चाहते हैं मगर नहीं कर पा रहे हैं तो कामों की सूची बनाने की आदत डाल सकते हैं। जिसे आप कंप्यूटर शुरू करने की आदत के साथ जोड़ सकते हैं। कंप्यूटर शुरू होने में लगनेवाले समय में आपके कामों की सूची बन जाएगी। इस आदत से आपके काम समय पर और गुणवत्तापूर्ण होने लगेंगे।

२) यदि ऑफिस में आपका मन अशांत रहता है, आपको कामों का तनाव आता है तो सुबह पहली बार कुर्सी पर बैठते वक्त और खाना खाते वक्त मन को सकारात्मक आत्मसूचना देने की आदत डाल सकते हैं। जैसे 'आज मैं पूरा दिन आनंद और शांति के साथ गुज़ारनेवाला हूँ। आज मेरा हर कार्य मेरी रचनात्मकता को बाहर लानेवाला है। आज मेरे सारे काम बेहतरीन ढंग से होनेवाले हैं' आदि।

अन्य आदतें :

नीचे कुछ ऐसी आदतें दी गई हैं, जिन्हें आप अपने अंदर लाकर जीवन को सुंदर बना सकते हैं लेकिन कुछ लोगों को इन पर विशेष रूप से कार्य करना होगा।

१) अगर आप अपने द्वारा हुई गलतियों के अपराधबोध से घिरे रहते हैं या आपके मन में किसी के प्रति नफरत के भाव आते हैं तो इन नकारात्मक भावनाओं से मुक्त होने के लिए क्षमा माँगने और क्षमा करने की आदत डालें।

दिनभर में हुई घटनाओं में यदि किसी ने आपका दिल दुखाया हो तो हर रात उन्हें मन ही मन में क्षमा करें। साथ ही जिन लोगों का आपकी वजह से दिल दुखा हो, उनसे भी मन ही मन क्षमा माँगें। इसमें यह समझ रखें कि क्षमा माँगना और करना आपको अपने लिए करना है, किसी और के लिए नहीं। अगर भूतकाल और वर्तमानकाल की गलतियों का जीवन पर हो रहा असर आप निकालना चाहते हैं तो क्षमा की आदत आपके लिए सबसे उत्तम होगी।

यदि आप रात में कोई दवाई लेते हैं तो उसके साथ या सोने से पहले जब आप पानी पीते हैं तब उसके साथ भी क्षमा की आदत डाली जा सकती है।

२) यदि आपका ध्यान जीवन में क्या-क्या नहीं मिला है, उन बातों पर बार-बार जाता है तो नहाने के साथ हर रोज़ धन्यवाद देने की नई आदत जोड़ दें। कुदरत द्वारा आपको जीवन में बहुत कुछ मिल चुका है, जैसे रिश्ते, प्रेम, पैसा, स्वास्थ्य, मैत्री आदि। इन सभी बातों के लिए कुदरत को धन्यवाद दें। जिन लोगों ने भी आपको आज तक बेशर्त सहयोग दिया है, उन्हें याद करें और दिल से धन्यवाद दें।

साथ ही अपने शरीर के सभी अंगों को धन्यवाद दें, जो अच्छे तरीके से अपना कार्य कर रहे हैं, जिस कारण आप अपने सारे कार्य अच्छे ढंग से कर पा रहे हैं।

इस तरह पुरानी आदतों के साथ जब आप नई आदतें जोड़ेंगे तो उनके पाथवे पक्के होने में कम समय लगेगा। ये प्रयोग करते वक्त ध्यान रखें कि पुरानी आदत के साथ हर बार आपको नई आदत दोहरानी है। जब तक आपके दिमाग में नई आदत का पाथवे पक्का नहीं होगा तब तक आपको धीरज, निरंतरता और सकारात्मकता से कार्य करना होगा। हो सकता है एकाध दिन गलती से आप नई आदत दोहराना भूल जाएँ तो अपराधबोध न रखें बल्कि दूसरे दिन फिर से शुरुआत करें। इस तरह आपको नई आदतें बनाने और उन्हें धीरे-धीरे विकसित करने का मौका मिलेगा।

नई आदतों को याद रखने के लिए आप अपने लिए कुछ रिमाइंडर सेट कर सकते हैं। जैसे अपनी घड़ी अलग हाथ में या अँगूठी अलग उँगली में पहन सकते हैं। ऐसा करने से दिनभर घड़ी या अँगूठी आपको नई आदत की याद दिलाती रहेगी। आपकी पसंदीदा वस्तु की जगह बदलकर भी रिमाईंडर्स बनाए जा सकते हैं। इस तरीके से आप अपने दिमाग में पहले से बने हुए वायरिंग का लाभ लेते हुए आसानी से नई आदतों को अपना पाएँगे।

भाग 11

प्रतीकों की भाषा का राज़

जीवनभर हर इंसान के आस-पास कई तरह के सिंबॉल्स अर्थात प्रतीक चिन्ह होते हैं। ये हमारे रोज़मर्रा के जीवन में इतनी बारीकी से बुने हुए हैं कि हम उन्हें बहुत बार देखकर भी अनदेखा कर देते हैं। हम उनके अर्थ भी बखूबी समझते हैं, उनका प्रत्यक्ष और अप्रत्यक्ष रूप में इस्तेमाल भी करते हैं। जैसे हायवे पर बने ट्रैफिक नियम के सिंबॉल्स हमें बताते हैं कि आगे मोड़ है, स्कूल है, आगे पूल है आदि।

बहुत से शब्दों का एक चित्र में सिमट जाना और उसके द्वारा हमारे कार्य और व्यवहार का संचालन होना, सचमुच आश्चर्यजनक बात लगती है। सिंबॉल्स या प्रतीक सामान्यतः दृश्यात्मक संवाद का एक प्रकार है, जो अत्यंत असरकारक है।

सिंबॉल्स हमारे मस्तिष्क को सीधे-सीधे आदेशात्मक सूचनाएँ देते हैं, जिन्हें मन बिना किसी सवाल-जवाब या बहस के स्वीकार कर लेता है।

सिंबॉलिक भाषा या सिंबॉलिज़िम को वैज्ञानिक भाषा में सीमैंटिक्स कहा जाता है। इंसानी मस्तिष्क को प्रतीकों की प्रोसेसिंग मशीन भी कहा गया है। इसमें स्थित प्रीफ्रॉंटल कॉर्टेक्स (prefrontal cortex), प्रतीकों की भाषा बहुत अच्छी तरह समझता है। हमारा मस्तिष्क करोड़ों ऐसे चिन्हों को समझता है, जिनका हमें पता भी नहीं होता। उदा. बिजली के टावर पर लगे बोर्ड पर कंकाल का सिर और उसके नीचे बनी दो हड्डियाँ 'खतरा' दर्शाती हैं।

इस तरह देखा जाए तो सिंबॉल्स ब्रेन री-वायरिंग का सबसे सरल और उपयोग में लाया जानेवाला उपाय है। इसकी भाषा को अपने जीवन में कैसे इस्तेमाल किया जाए, आइए जानते हैं।

कुछ लोग जंक फूड खाने की आदत को छोड़ नहीं पाते क्योंकि फिलहाल उन्हें उसका स्वाद भाता है और तुरंत कोई गलत परिणाम भी नजर नहीं आता। हालाँकि अदृश्य में उनके स्वास्थ्य पर गलत असर हो रहा होता है, जो कुछ समय के बाद वजन बढ़ने जैसी समस्या के रूप में सामने आता है। ऐसे समय पर इस वृत्ति से मुक्ति पाने के लिए प्रतीक चिन्हों का उपयोग किया जा सकता है।

जैसे जंक फूड खाने की आदत छोड़ने के लिए, क्रॉस का चिन्ह ☒ अपने मोबाइल पर या जहाँ आप आसानी से देख सकें, ऐसी जगह पर लगा सकते हैं। ताकि जंक फूड खाने की इच्छा होने पर उस चिन्ह को देखकर आप अपने आपको रोक पाएँ।

वैसे हम चाहें तो अपनी सुविधा अनुसार नए प्रतीक चिन्ह बनाकर, उनका लाभ ले सकते हैं। प्रतीक कोई आकार, आकृति, तस्वीर, रंग, वस्तु या छवि के रूप में हो सकती है। ज़रूरी यह है कि वह हमेशा आपकी आँखों के सामने रहे और नया दिमागी मार्ग बनाने में मदद करे।

एक तसवीर हज़ार शब्दों के बराबर होती है । आपने देखा होगा जब किसी बात को कहने के लिए शब्दों का प्रयोग किया जाता है तो अधिकतर लोग अपने-अपने हिसाब से उसके भिन्न अर्थ निकालते हैं। मगर एक तसवीर के माध्यम से लगभग एक जैसा अपेक्षित अर्थ सभी तक पहुँचाया जा सकता है। इसी तरह एक सिंबॉल्स से दिमाग को गहरा संदेश दिया जा सकता है।

इसके साथ ही भावनाओं का भी बड़ा महत्वपूर्ण योगदान होता है। किसी

भी प्रतीक के साथ यदि आप कोई अच्छी भावना जोड़ दें तो आपको मनचाही सफलता पाने में समय नहीं लगेगा। भावना जोड़ने के लिए आप स्वयं कोई चित्र बना सकते हैं या इंटरनेट से अपनी मनपसंद फोटो की प्रिंट लगा सकते हैं। नीचे आपके रेफरन्स (संकेत) के लिए कुछ उदाहरण दिए गए हैं।

- उत्तम स्वास्थ्य की चाहत रखनेवाले लोगों को अपने आस-पास व्यायाम का, शारीरिक बल प्रदान करनेवाली किसी गतिविधि या स्वास्थ्यवर्धक भोजन आदि का सिंबॉल लगाकर रखना चाहिए। यह बार-बार लक्ष्य याद करवाता रहेगा, जिससे वे उत्साहित और प्रोत्साहित महसूस करते रहेंगे।
- बच्चों को पढ़ाई के लिए प्रेरित करने के लिए उन्हें अपने कमरे में पुरस्कारों के चित्र रखने चाहिए, इससे उन्हें आगे बढ़ने की प्रेरणा मिलती रहेगी।
- जो कामयाबी पाना चाहते हैं, वे कामयाबी की सीढ़ी या ऊँचे पहाड़ के शिखर का चित्र लगाकर रख सकते हैं।
- जिन्हें समृद्धि चाहिए, वे भरपूर पैसों का चित्र... बहते हुए पानी का चित्र... सोने या डायमंड के चित्र लगा सकते हैं।
- पूरे विश्व का मंगल चाहनेवाले, विश्व पर सफेद रोशनी का चित्र या ग्लोब पर हँसता-मुस्कराता चित्र बनाकर रख सकते हैं। आज तो मोबाईल और इंटरनेट की सहुलियत है, इसके चलते आप असंख्य ऐसे चित्र बनाकर अपने जीवन को सफल, सुंदर, सुनियोजित तथा समृद्धि से भरपूर बना सकते हैं।

प्रतीक चिन्हों का चुनाव करने के बाद आप उन्हें याद रखने के लिए कई रचनात्मक तरीके अपना सकते हैं। साथ ही चिन्ह देखने के बाद हर बार उसके पीछे छिपा लक्ष्य स्वयं को याद दिला सकते हैं। कुछ समय लगातार दोहराने के बाद, प्रतीकों से जुड़े अर्थ को दिमाग सहजता से याद करेगा।

भाग 12

दिमागी आइने का उपयोग

हमारे दिमाग में मिरर न्यूरॉन्स मौजूद होते हैं। आसान भाषा में कहा जाए तो ये दिमागी आइने होते हैं। आपने देखा होगा कि डांस सीखते वक्त अकसर सामने एक बड़ा आइना लगाया जाता है। कोरियोग्राफर और डांसर उस आइने में देखते हुए डांस करते हैं। कोरियोग्राफर जो स्टेप करता है, डांसर को वही कॉपी करना होता है। वह आइने में कोरियोग्राफर को देख-देखके डांस सीखता जाता है। यह सीखने का सबसे आसान तरीका है।

दरअसल हमारे दिमाग में भी ऐसे न्यूरॉन्स होते हैं जो आइने का काम करते हैं, जैसा सामनेवाला करता है, वे वैसा सीखते जाते हैं।

उन्नीस सौ नब्बे (1990) के दशक की शुरुआत में, युरोप खण्ड के कुछ वैज्ञानिकों ने एक विशेष तरह के बंदरों पर संशोधन किया। जिसमें उन्होंने पाया कि जब वे बंदर सामनेवाले को कुछ करते हुए देखते हैं तो वे भी उसी क्रिया को दोहराते हैं। जैसे जब बंदर किसी को कागज़ फाड़ते हुए देखते हैं या कागज़ के फाड़ने की

आवाज़ सुनते हैं तब वे भी कागज़ फाड़ते हैं। यह करते वक्त उनके दिमाग में विशेष तरह के न्यूरॉन्स कार्य करते हैं। वैज्ञानिकों ने इन न्यूरॉन्स को मिरर न्यूरॉन्स कहा है।

मिरर न्यूरॉन्स सामनेवाले की क्रियाओं को आइने की तरह देखकर दोहराते हैं। वैज्ञानिकों ने संशोधन से यह भी पाया कि इंसानों में भी मिरर न्यूरॉन्स कार्य करते हैं।

मिरर न्यूरॉन्स दिमाग में बसी कोशिकाएँ (cells) होती हैं, जिनका इंसान के सुनने, देखने और सूँघने की शक्ति से गहरा संबंध होता है। जब एक इंसान सामनेवाले को कोई भी क्रिया करते वक्त देखता है तब मिरर न्यूरॉन्स की वजह से वह वैसा ही करता है या करने की इच्छा रखता है। जैसे सामनेवाले ने कुछ खाया, पानी पीया तो उसे भी वैसा ही करने की इच्छा होती है और संभव हो तो वह करता भी है।

मिरर न्यूरॉन्स के कारण इंसान कई बातें देख-देखकर सीखता है। वह कई आदतें देखकर अपनाता है, फिर वे आदतें अच्छी हों या बुरी। जैसे कोई अपने मित्र को देखकर सिगरेट पीने की आदत अपनाता है तो कोई अपने रिश्तेदार को देखकर बार-बार अपने बाल सँवारता है। कोई अपने परिवार में किसी को देखकर ज़्यादा बातें बनाने की आदत सीख लेता है, कोई अपने बड़े भाई को देखकर न नहाने की आदत अपनाता है। ऐसा होने पर किसी इंसान को आश्चर्य नहीं लगता क्योंकि बचपन से वह दूसरों को देखकर और उनका निरीक्षण करके सीखता है। यह दिमाग में बसे मिरर न्यूरॉन्स की वजह से ही होता है।

अब इनका सही तरह से इस्तेमाल करके हर इंसान अपने अंदर नई आदत का आसानी से निर्माण कर सकता है। योग्य उपयोग के साथ मिरर न्यूरॉन्स इंसान के जीवन में वरदान सिद्ध हो सकते हैं। जैसे:

१) **स्वास्थ्य के लिए नई चीज़ें खाने की आदत** : यदि आप स्वस्थ रहने के लिए, अलग तरह का खाना अपनाना चाहते हैं तो ऐसे लोगों को देखें जो वैसा खाना खाते आए हैं। उनके विडियो देखें, जिसमें वैसा खाना बनाया व खाया जा रहा है। इससे आपके मिरर न्यूरॉन्स सक्रीय हो जाएँगे और वे उसे कॉपी करना चाहेंगे।

२) **बच्चों का प्रशिक्षण** : बच्चों के प्रशिक्षण में मिरर न्यूरॉन्स सबसे ज़्यादा काम में आ सकते हैं। माता-पिता बच्चों में जो आदत डालना चाहते हैं, उसके लिए मिरर न्यूरॉन्स का उपयोग कर सकते हैं। बच्चे माता-पिता जैसा बरताव करते

हैं, उन्हीं की नकल उतारते हैं। इसलिए माता-पिता को जो आदत बच्चों में देखने की चाहत होती है, उन्हें पहले खुद आत्मसात करने चाहिए।

जब माता-पिता अच्छी आदतें अपनाते हैं, जैसे समय का पालन, वस्तुओं को जगह पर रखना आदि तब बच्चे भी मिरर न्यूरॉन्स की वजह से वैसा ही करते हैं। हर माता-पिता को इस बात के लिए सजग रहना चाहिए कि बच्चे उन्हें देख रहे हैं। जब यह जाग्रति उनके बरताव में झलकेगी तब बच्चे स्वतः ही अच्छे इंसान बनेंगे।

रोल मॉडल बनाएँ

आप भी जीवन में जो आदत अपनाना चाहते हैं, उसके लिए एक या अनेक लोगों को रोल मॉडल की तरह चुनें। जिस क्षेत्र में आप महारत हासिल करना चाहते हैं, उस क्षेत्र के विशेषज्ञ (एक्सपर्ट) को भी रोल मॉडल के रूप में चुन सकते हैं। फिर उन महान हस्तियों की आदत पर रोज़ मनन करें। उनके गुण लिखकर रखें, उनकी बातें सुनें और संभव हो तो उनसे मार्गदर्शन प्राप्त करें। ऐसा करने से आपके दिमाग में बसे मिरर न्यूरॉन्स काम करेंगे और वे आदतें आपमें आने लगेंगी।

मिरर न्यूरॉन्स की समझ के साथ अपनी सजगता बढ़ाएँ कि आप प्रतिपल कौनसी बातें देख रहे हैं क्योंकि आप जो देखेंगे, उसी की मिरर न्यूरॉन्स नकल करेंगे। इसलिए सदा दूसरों के गुण और अच्छी आदतें देखें ताकि वे आपमें आने लगें। यह आपके लिए भविष्य का बीज होगा, जो आपका प्रशिक्षित रूप सामने लाएगा।

ऑर्गनाइज़्ड होने की नई आदत डालने के लिए दिमागी मार्ग बनाएँ

कदम : दिमागी फिल्टर और सिंबॉल →	यह वाक्य दोहराएँ- 'मैं अपने मस्तिष्क की री-वायरिंग करने के लिए तैयार हूँ। मैं पूर्ण रूप से ऑर्गनाइज़्ड हो चुका हूँ। यह मेरा स्वभाव बन चुका है।' अपने सामने एक ऑर्गनाइज़्ड कमरे या टेबल का चित्र लगाएँ।
कदम : पुरानी आदतों के साथ नई आदत जोड़ें →	फ्रेश होने के बाद अपने कपड़े या बैग अपनी जगह पर रखें। (अपनी किसी पुरानी आदत के साथ यह आदत कैसे जोड़ें, सोचकर लिखें।) अ) .... ब) ....

मुँहफट जवाब देने की अनचाही आदत तोड़ने के लिए दिमागी मार्ग बनाएँ

कदम : दिमागी फिल्टर और सिंबॉल →	यह वाक्य दोहराएँ: मैं हर परिस्थिति में सही प्रतिसाद दे रहा हूँ। मैं विनम्रता और शिष्टाचार से बात कर रहा हूँ। अपने सामने भोंपू पर क्रॉस किया हुआ चित्र लगाएँ या बाँसूरी लाकर रखें।

खण्ड 3

आदतों को बनाएँ आसान

भाग 13

आसान और रुचिपूर्ण बनाएँ

एक इंसान को रोज़ सुबह लेट उठने की आदत पड़ चुकी थी। इससे उसके रोज़मर्रा के कार्य लेट होते थे और काफी सारे कार्य अपूर्ण भी रह जाते थे। इस आदत के कारण वह खुद, ऑफिस के लोग और घर के लोग भी परेशान होते थे। सुबह लेट उठना... देर से ऑफिस पहुँचना... बॉस से डाँट खाना... कार्य आधे-अधूरे छोड़ना... ऑफिस से घर लेट आना... फिर लेट नाइट सोना इत्यादि। इस तरह का उसका दिनक्रम बन चुका था।

उसकी एक गलत आदत उसे पूरी तरह से डूबो रही थी। जब उसे इस बात का एहसास हुआ तब उसने इस आदत पर काम करने का ठान लिया। उसने तय किया कि आज के बाद वह रोज सुबह ६ बजे उठेगा और समय पर ऑफिस पहुँचेगा।

आप जानते हैं, उसके साथ क्या हुआ होगा? जो हम सबके साथ होता है। वह रोज सुबह जल्दी उठने की बहुत कोशिश करता मगर मन कोई ना कोई बहाना दे देता। जैसे, 'आज बहुत ठंड है... कल से पक्का उठूँगा... बस! पाँच मिनट में उठता हूँ।' इस तरह के

बहाने देकर वह फिर सो जाता। कभी-कभार वह सुबह जल्दी उठ भी जाता मगर दो-तीन दिन के बाद, फिर से वही पुरानी आदत का शिकार हो जाता।

उसे कई लोगों ने अलग-अलग राय दी कि सुबह उठने के लिए क्या करे? मगर किसी का फॉर्मूला काम नहीं कर रहा था। तब किसी ने उसे बताया कि 'सुबह जल्दी उठने के लिए कार्य मत करो बल्कि रात को जल्दी सोने की आदत डालो ताकि सुबह नींद जल्दी खुले।' यह तरीका उस इंसान को आसान लगा और उसने ज़ल्दी सोने पर कार्य किया।

किसी भी गलत आदत को तोड़ने या नई अच्छी आदत डालने के लिए दो बातों का होना ज़रूरी है। पहली बात- आदत डालने का तरीका आसान हो और दूसरी बात- वह इंट्रेस्टिंग हो।

अकसर लोग अच्छी आदत बनाना तो चाहते हैं मगर जब उस पर कार्य करने का समय आता है तब वे उसे करने में नाकामयाब होते हैं। इसके कई सारे कारणों में से एक है- इंसान ने चीज़ों को बहुत कठिन मानकर रखा है। उसे लगता है आदत जितनी गहरी, जटिल होगी, उस पर काम करने का तरीका भी उतना ही कठिन होगा।

हकीकत में ऐसा नहीं है, आदत कोई भी हो उस पर काम करने के तरीके को आसान बनाया जा सकता है। जितना उसे आसान करेंगे, उतना ही वह इंसान को प्रेरित करेगी।

जैसे किसी का वजन ज़्यादा है और उसे कहा जाता है कि अपना वजन कम करने के लिए योगा करो, जिम जाओ, डाइट फॉलो करो तो उसकी आँखों के सामने वे सब दृश्य खड़े होते हैं कि कैसे वह बड़ी मेहनत से व्यायाम कर रहा है, जोर-जोर से भाग रहा है... पसीना छूट रहा है... उसके खाने में सिर्फ उबली हुए सब्जियाँ, फल और सलाद है इत्यादि। ये सब सोचकर ही इंसान कहता है, 'नहीं! वजन कम करना बहुत मुश्किल बात है। इसके लिए बहुत मेहनत, समय, डेडिकेशन, अच्छा खाना त्यागने की ज़रूरत है।'

बजाय इसके उसे वजन कम करने के कुछ आसान तरीके बताए जाएँ, जैसे

- कड़ा डाइट की जगह कुछ दिन केवल रोज सुबह या रात में गरम पानी या गरम पानी में नींबू और शहद लें।
- कुछ दिन केवल खाने में सलाद ज़्यादा खाएँ।
- कुछ दिन समय पर खाने की आदत डालें या रोज़ जितना खाना खाते हैं,

उससे दो निवाला कम खाएँ आदि।

इस तरह किसी भी आदत को तोड़ने के आसान तरीके खोजे जा सकते हैं। मगर आसान तरीके को हलका नहीं बल्कि महत्वपूर्ण समझें।

मानो, आप बच्चों में सुबह या शाम के समय प्रार्थना करने की आदत डालना चाहते हैं तो बच्चों को आसानी हो इसलिए घर में प्रार्थना का पवित्र माहौल बनाएँ। घर में प्रार्थना के लिए बैठने की जगह तय करें, बैठने के लिए आसन लें, अगरबत्ती या दीया जलाएँ, खुद प्रार्थना बोलें और बच्चों को दोहराने के लिए कहें। प्रार्थना शब्दों में या भजन के रूप में भी हो सकती है। जैसे, 'हे ईश्वर सबको सद्बुद्धि दो, सबका मंगल करो, सबको समृद्धि दो, सब खुश रहें, मिल-जुलकर भाईचारे से रहे आदि।

कोई भी अच्छी आदत डालने या गलत आदत तोड़ने के लिए हार्ड वर्क की नहीं बल्कि स्मार्ट वर्क की ज़रूरत है। कुछ लोग मन का दमन करके (मन को दबाकर) उससे कार्य करवाते हैं। इससे मन कुछ बातों के लिए राज़ी ज़रूर होगा मगर कम समय के लिए। जिसे आदत पर दीर्घकाल के लिए कार्य करना है, उसे मन को आसान और नए तरीके देकर, उस पर जीत हासिल करनी होगी।

दूसरा उपाय है– आदत तोड़ने या डालने को इंट्रेस्टिंग बनाएँ। अगर आपको सुबह ५ बजे पिकनिक के लिए जाना है तो सुबह उठने की कोशिश नहीं करनी पड़ती है। क्योंकि पिकनिक जाना आपके लिए मोटिवेशनल और इंट्रेस्टिंग दोनों हैं। इसी तरह सुबह जल्दी उठने की आदत डालने के लिए रोज़ सुबह उठते ही अपना मनपसंद कार्य करे, जो आपको इंट्रेस्टिंग लगता हो। जैसे किसी को जिम जाना या किताब पढ़ना इंट्रेस्टिंग लगता है तो सुबह उठकर वह कार्य करें।

कुछ बच्चों को पढ़ाई करना बहुत बोरिंग लगता है या कुछ विषय ऐसे होते हैं, जिनकी पढ़ाई करना उन्हें बिलकुल पसंद नहीं आता। उन्हें कहा जाएगा अपनी पढ़ाई को इंट्रेस्टिंग बनाओ। पढ़ाई करते समय माईंड मैप का इस्तेमाल करो... हर चैप्टर को पिक्टोरीअल फॉर्म में लाकर उसे याद करो। आज नए-नए एप्स मौजूद हैं, जिनका उपयोग कर पढ़ाई को इंट्रेस्टिंग बनाया जा सकता है।

आइए, अन्य उदाहरणों द्वारा समझते हैं मुश्किल आदतों को आसान और इंट्रेस्टिंग कैसे बनाएँ।

१) अगर किसी को रात सोने से पहले बुक पढ़ने की आदत डालनी है मगर रात

को बिस्तर पर लेटने के बाद याद आता है तो मन कहता है, 'अब कौन उठे, कौन जाए बुक लेने, जाने दो कल पढ़ते हैं।' अगर हर रात यही होता है तो अब इसे आसान बनाने के लिए दिन में ही पुस्तक अपने बेड पर रख दें। ताकि बुक न पढ़ने का कोई बहाना न बचे।

२) कोई डायरी लिखना चाहता है मगर समय की कमी के कारण लिख नहीं पा रहा है। तब कारण देने के बजाय उसे आसान बनाएँ, छोटी डायरी के साथ कार्य शुरू करें, जो बिलकुल हैंडी हो। जिसे आप कहीं पर भी लेकर घूम सकते हैं और जैसे ही खाली समय मिले, उसमें लिख सकते हैं या मोबाइल में रिकॉर्डिंग भी कर सकते हैं।

३) सुबह उठकर आप वॉक पर या जिम में जाना चाहते हैं तो रात में ही अपने जूते हॉल में या दरवाजे के बाहर निकालकर रख दें। कई बार जूते अगर अंदर हैं और दिखाई नहीं दे रहे हैं तो मन सुस्ती कर सकता है। जूते बाहर रखे हैं और आपके सामने हैं तो आपका मन अपने-आप वॉकिंग या जिम पर जाना चाहेगा।

४) आध्यात्मिक विकास के लिए 'ध्यान' महत्वपूर्ण होता है। यदि आप ध्यान में बैठने की आदत नहीं लगा पा रहे हैं तो २ मिनट से शुरुआत करें और हर दिन १-१ मिनट बढ़ाते जाएँ।

माइंड मैप नमूना

भाग 14

छोटे कदम का दम लगाएँ

एक बार एक किसान बड़ी मुसीबत में फँस गया क्योंकि उस साल भारी वर्षा के कारण उनकी फसल का बहुत नुकसान हुआ। हर साल के मुकाबले इस साल अनाज का उत्पादन काफी घट चुका था। ऐसे में उसने घर की बहू को बुलाकर कहा, 'इस साल इतना कम अनाज हुआ है कि हम इससे केवल दस महीने तक ही गुज़ारा कर सकते हैं।' तब किसान की बहू कुछ सोचते हुए बोली, 'आप चिंता न करें पिताजी सब ठीक हो जाएगा।'

देखते ही देखते साल गुज़र गया। न बाहर से राशन खरीदना पड़ा और न घर में अनाज की कमी हुई। यह देख किसान को बेहद आश्चर्य हुआ। उसने बहू से इसका राज़ पूछा। आपको क्या लगता है बहू ने क्या युक्ति लगाई होगी :

१) क्या बहू ने अपने मायके से या पड़ोस से मदद ली होगी?

२) क्या वह राशन चुपके से उधार लाई होगी?

३) क्या उसने अपनी बचत से अनाज खरीदा होगा, जिससे घर में किसी को पता नहीं चला?

आपके मन में और कई जवाब आए होंगे तो आइए जानें कि बहू ने क्या जवाब दिया।

बहू ने बताया, अनाज की समस्या को सुलझाने के लिए वह रोज लगनेवाले अनाज से दो मुट्ठी अनाज निकालकर अलग रख दिया करती थी। १० महीनों तक वह अपनी इस छोटी सी आदत पर डटी रही। रोज के मुट्ठीभर अनाज से १०वें महीने तक आते-आते पूरे दो महीने का अतिरिक्त अनाज इकट्ठा हो गया। इस तरह १० महीने के अनाज से उनका सालभर गुज़ारा हो गया।

यह उदाहरण हमें बताता है कि छोटी सी दिखनेवाली आदत भी जीवन में कितना बड़ा परिणाम ला सकती है। छोटे-छोटे कदम मिलकर बड़ी से बड़ी मंज़िल नाप सकते हैं। मगर हमारे साथ समस्या यह होती है कि हमारी नज़रें पहली बार में ही कुछ बड़ा हासिल करने पर टिकी होती हैं। हम किसी की बातें सुनकर, कुछ पढ़कर अचानक कोई नई आदत विकसित करने की सोच लेते हैं या जब हमें किसी बुरी आदत के कारण बड़ा झटका लगता है तो हम एकदम से उस आदत को बदलने की कोशिश करते हैं। लेकिन दोनों ही मामलों में यह संभव नहीं हो पाता।

जैसे एक विद्यार्थी के परीक्षा में कम अंक आए तो उसने महसूस किया कि उसका बहुत सा समय मोबाइल पर सोशल मीडिया के अपडेटस् देखने में बेकार हो जाता है। फिर उसने निर्णय लिया कि वह आज के बाद सोशल मीडिया को बिलकुल भी एक्सेस नहीं करेगा। यहाँ तक कि मोबाइल को हाथ भी नहीं लगाएगा। लेकिन कुछ समय बाद ही उसके मन में खलबली मचने लगी, 'किसी का कोई मैसेज तो नहीं आया, मेरे पिछले पोस्ट को कितने लोगों ने देखा, क्या कमेंट किया?' और उसका हाथ खुद-ब-खुद मोबाइल पर चला गया। इस तरह वह नई आदत बनाने में विफल हो गया। थक हारकर उसने सोचा, 'ऐसा करना मेरे बस का नहीं है।'

ऐसा क्यों हुआ? क्योंकि उस विद्यार्थी ने एक ही झटके से अपनी पुरानी आदत को तोड़ना चाहा, जिस वजह से वह सफल नहीं हो पाया। आइए, अब इसका कारण समझते हैं।

कारण बड़ा साधारण सा है। लक्ष्य भले ही बड़ा हो मगर उसकी तरफ छोटे-छोटे कदमों से ही बढ़ा जाता है। लंबी छलाँग मारने के चक्कर में फिसलने का खतरा ज्यादा रहता है। कदम भले ही छोटे हों मगर निरंतर हों तो ऐसा कोई लक्ष्य नहीं जिसे प्राप्त न किया जा सके। इसी पर एक कहावत भी है- You can eat an elephant when it is cut into pieces यानी आप एक हाथी को भी खा सकते हैं, यदि उसे छोटे-छोटे टुकड़ों में काटा जाए। किसी बड़ी आदत को एक ही झटके में बनाने या खत्म करने की न सोचें। उसे छोटे-छोटे कदमों में बाँटकर, उस पर निरंतर काम करें।

जैसे वह विद्यार्थी सोशल मीडिया से एकदम से दूरी बनाने के बजाय एक निश्चित समय का अंतराल निर्धारित करे। पहले एक घंटे के लिए वह खुद को फोन से दूर रखे। उसमें से नोटिफिकेशन साउंड हटा दे ताकि उसका ध्यान एकदम से न खींचे। एक घंटे में भी उसे आदत के अनुसार बार-बार फोन देखने की बेचैनी हो तो वह खुद से कहे, 'बस एक घंटे की ही तो बात है, उसके बाद अपडेट चेक कर लूँगा।' इससे हो सकता है बात बन जाए। नहीं बने तो समय अंतराल कम कर दें, आधा घंटा या १५ मिनट रखें। पहले एक घंटा, फिर दो घंटा... इस तरह धीरे-धीरे ज़रूरत अनुसार समय बढ़ाकर बार-बार सोशल मीडिया चेक करने की आदत को तोड़ा जा सकता है।

ज़्यादातर लोग अपनी विवेक बुद्धि के कहने पर कुछ ऐसी नई आदतें डालने की सोचते हैं, जो उनके लिए लाभप्रद हैं। जैसे व्यायाम करना, संतुलित आहार लेना, मेडिटेशन करना, कोई अच्छी सकारात्मक पुस्तक पढ़ना आदि। मगर जब वे उस पर काम करने जाते हैं तो मन बहाने बनाकर नाटक करना शुरू कर देता है क्योंकि उस नई आदत को बनाने में उनकी आरामतलबी और गलत वृत्ति आड़े आती है।

जैसे, 'देखो, तुम्हारे ऊपर पहले से इतनी सारी ज़िम्मेदारियाँ हैं, कामों की इतनी लंबी लिस्ट है... इसके लिए समय ही कहाँ है तुम्हारे पास... इसके बारे में बाद में देखेंगे...' आदि। आपको मन के इस खेल में न फँसते हुए उसे बताना है, 'माना कि मेरे पास बहुत काम है तो क्या... मैं इस नई आदत के लिए हर दिन कम से कम दस मिनट तो आसानी से निकाल ही सकता हूँ।' इस तरह नई आदत के लिए आरंभ में इतना छोटा समय तय करें कि मन को 'ना' कहने में शर्म आए और वह कोई भी बहाना बनाकर आपको फँसा न पाए।

जितना भी समय आपने तय किया है, यदि उस पर आप हर दिन निरंतरता से कार्य करेंगे तो देखेंगे कि आपके अंदर वह आदत आ चुकी है और आपका आत्मविश्वास भी बढ़ चुका है। फिर इसी आत्मविश्वास के साथ अगला छोटा कदम उठाएँ यानी उस कार्य के लिए कुछ और समय जोड़ें। याद रखें, अगले कदम पर तुरंत बड़ा कदम न उठाएँ। जल्दबाज़ी में तुरंत दस मिनट का तीस मिनट न करें। उसमें केवल और पाँच मिनट बढ़ाएँ।

एक उदाहरण के साथ इसे समझते हैं। मान लीजिए, आपको डॉक्टर ने हर दिन तीस मिनट व्यायाम करने के लिए कहा है। मगर आप उतना समय नहीं निकाल पा रहे हैं। इस तकनीक के अनुसार छोटे पैमाने पर इसकी शुरुआत करें। जैसे एक सप्ताह या पंद्रह दिन के लिए केवल दस मिनट हलका-फुलका व्यायाम करना शुरू करें। फिर अगले सप्ताह पाँच मिनट और जोड़ें। इस तरह धीरे-धीरे हर सप्ताह में पाँच-पाँच मिनट बढ़ाते गए तो आप एक महीने में पूरे तीस मिनट तक पहुँच जाएँगे।

यह तीस मिनट का व्यायाम आपकी दिनचर्या में अचानक से नहीं जुड़ा होगा। वह धीरे-धीरे समय बढ़ाते हुए जुड़ा होगा। ऐसे में वह आदत छूटने की कोई संभावना नहीं बचेगी।

वैसे ही आदत तोड़ने के लिए भी यह कदम उठाया जा सकता है। बार-बार चाय पीनेवाला इंसान पहले चाय के कप का आकार छोटा कर सकता है। इससे जितना चाय वह पहले पीता था, उससे आधा हो जाएगा और चाय पीने की तलब भी पूरी हो जाएगी। फिर धीरे-धीरे वह चाय के कप की संख्या कम कर सकता है। यदि पहले दिन के १२ बजे तक चार कप चाय पीता था तो धीरे-धीरे उसे तीन कप पर लाए, फिर दो कप। आगे जब-जब चाय की तलब लगे तो उसकी जगह गरम पानी, छाछ, जूस आदि पी ले। धीरे-धीरे लंबे समय तक इस पर काम करने से उसकी चाय पीने आदत टूटेगी।

कहते हैं न जहाँ चाह, वहाँ राह... यदि आपने ठान ही लिया तो आप नई आदत को अपनी ज़रूरत के अनुसार छोटे-छोटे कदमों में बाँट लें और फिर एक बार में एक कदम उठाएँ। एक छोटा मगर सही कदम आपको मंज़िल के निकट पहुँचाता रहेगा और जल्द ही आप अपने भीतर नई आदत विकसित होते हुए देखेंगे।

भाग

15

निरंतरता का असली अर्थ जानें

डॉ. मॅक्सवेल माल्ट्झ एक प्लास्टिक सर्जन थे, जिन्हें अपने मरीजों में एक जैसा विशेष पैटर्न दिखाई दिया। वह यह कि मरीज को अपने नाक, हाथ या पैर की सर्जरी होने के बाद अपने नए चेहरे या नए अंग के साथ सेट होने के लिए तीन हफ्ते यानी २१ दिनों का समय लगता था।

इस निरीक्षण के बाद डॉ. मॅक्सवेल ने खुद में बदलाहट लाई और नई गतिविधियों के साथ सेट होने में कितना समय लगता है, यह जाँचा। तब उन्हें पता चला कि उन्हें भी नई आदत डालने के लिए २१ दिन लगे। इन प्रयोगों के आधार पर उन्होंने कहा कि 'किसी भी पुरानी मानसिक छवि को मिटाने और नई छवि तैयार होने के लिए इंसान को कम से कम २१ दिनों का समय लगता है।'

इस विषय पर उनके द्वारा लिखी गई किताब बहुत प्रचलित हुई। इतनी कि धीरे-धीरे 'कम से कम २१ दिन' के बजाय लोगों ने '२१ दिन' कहना शुरू कर दिया। और यह मान्यता सामने आई कि कोई भी नई आदत डालने के लिए २१ दिन लगते हैं।

आगे लंदन में इस विषय पर एक संशोधन किया गया, जिसमें ९६ लोगों पर प्रयोग किया गया और यह देखा गया कि नई आदत डालने के लिए उन्हें १८ से लेकर २५४ दिनों तक का समय लगा। आसान या साधारण आदतों के लिए कम व कठिन आदतों के लिए ज़्यादा समय लगा। औसत रूप में नई आदत के लिए ६६ दिन यानी दो महीनों से भी ज़्यादा समय लगा।

इस संशोधन में यह बात सामने आई कि कोई भी नई आदत डालने के लिए कितना समय लगता है, यह उस आदत, इंसान का स्वभाव, उसकी संकल्प शक्ति और परिस्थितियों के अनुसार अलग-अलग हो सकता है। इसलिए कोई एक निश्चित समय नहीं बताया जा सकता।

याद रखें, कितने दिनों में आपको वह आदत लगी, यह उतना महत्वपूर्ण नहीं है। मान लें, एक अच्छी आदत लगने में आपको ५० दिन लगे तो कोई दूसरी आदत लगने में ६० दिन मगर इससे क्या फर्क पड़ता है? आपके अंदर वह आदत विकसित हुई यह सबसे महत्वपूर्ण है, ना कि कितने दिनों में विकसित हुई। इसलिए 'कितने दिन लगने चाहिए', इसमें न उलझते हुए उस आदत के लिए निरंतरता से एक छोटा कदम ही क्यों न हो, उठाना शुरू करना ज़्यादा फायदेमंद है।

रुकने के बावजूद फिर से

संशोधन में एक और मुख्य बात सामने आई कि एखाध दिन नई आदत पर कार्य न कर पाने का कुछ ज़्यादा असर नहीं होता। यानी किसी दिन कोई रुकावट आई तो भी अगले दिन आप फिर से उस आदत पर कार्य करना ज़ारी रख सकते हैं। लोगों से अकसर यह गलती हो जाती है, कोई रुकावट आने पर वे मान लेते हैं कि 'मैं नहीं कर पाया' या 'मुझे पता था मुझसे नहीं होगा' और वे नई आदत का विचार छोड़ देते हैं। जबकि नई आदत डालना उनके विकास के लिए अहम हो सकती है।

यह सच है कि आदत डालने के लिए निरंतरता ज़रूरी है लेकिन रुकावट आने के बाद सबसे महत्वपूर्ण है फिर से कार्य ज़ारी रखना। क्योंकि निरंतरता का अर्थ यह नहीं कि 'कहीं न रुकना' बल्कि निरंतरता यानी 'रुकने के बावजूद फिर से आगे बढ़ना'। जैसे चींटियाँ अपना खाना कहीं ले जाते वक्त रुकावट आने पर खाना वहीं पर छोड़ नहीं देतीं बल्कि दूसरा रास्ता ढूँढ़कर खाना लेकर ही जाती हैं।

उसी तरह रुकावट आने पर निरंतरता से कार्य करने के लिए आप 'बावजूद' शब्द का इस्तेमाल करें। जब भी मन किसी आदत पर कार्य करने के लिए कोई

बहाना दे तो मन को कहें, 'क्या इसके बावजूद मैं यह कार्य कर सकता हूँ?' जवाब आएगा, आता ही है तब अपने मन से छोटे-छोटे कार्य करवाएँ।

एक ही समय, अवधि और जगह का चुनाव करें

नई आदत डालने के लिए कुछ और बातें आपको मदद करती हैं। जैसे आप उस आदत पर जो भी कार्य करेंगे, उसे हर दिन एक ही समय पर और एक ही जगह पर करें। मानो, आपको मोबाइल या लैपटॉप पर अपने कार्य से संबंधित नई बातें एक्स्प्लोर करने की आदत डालनी है।

हर शाम ६ बजे आप ग्रीन टी/कॉफी पीने के बाद अपनी बाल्कनी में जाकर बैठते हैं तब उस समय एक घंटे के लिए वह कार्य करें। ऐसा रोज़ करने से कुछ दिनों बाद आप देखेंगे कि ग्रीन टी पीने के बाद, स्वतः ही आप मोबाइल/लैपटॉप उठाएँगे और अपने कार्य को बेहतर बनाने की नई बातें खोजना शुरू करेंगे। यह कार्य करते हुए आप अलार्म भी लगा सकते हैं ताकि आपका समय अनावश्यक बातों में बरबाद न हो।

आदत अनुसार कार्य योजना बनाएँ

इस तरह हर छोटी से लेकर बड़ी आदत को आत्मसात किया जा सकता है। 'हर आदत २१ दिनों में ही लग जाएगी' यह मान्यता जानकर, अब आप हर आदत के अनुसार उसे कम या ज़्यादा दिनों में बाँट सकते हैं।

इसके लिए अपनी आदत का पूरा विश्लेषण करें। जैसे, वह आदत कैसी है- आसान या कठिन? छोटी या बड़ी? यानी नई आदत आपकी दिनचर्या में जुड़ने से आपके कार्यों पर कितना फर्क पड़नेवाला है? उसके लिए आपको कितने दिनों का चुनाव करना होगा? आदि।

जैसे कछुआ और खरगोश की कहानी में खरगोश यह सोचकर कि 'जल्दी भागकर दौड़ पूरी कर लेंगे', आराम से सो गया और अंत में हार गया। इसी तरह कुछ लोग २१ दिनों में अपने अंदर बड़ी आदत विकसित करने की सोचते हैं और नहीं कर पाए तो उसे छोड़ देते हैं। खरगोश की तरह जल्दी करने के चक्कर में न फँसते हुए, कछुए की तरह धीरे-धीरे मगर निरंतरता से चलना जारी रखेंगे तो सफलता आपके कदम ज़रूर चूमेगी।

भाग

16

उद्देश्य रखें और प्रेरणा पाएँ

पुर्सला वेंकटा सिन्धू, भारत की ओर से ओलंपिक खेलों में महिला एकल बैडमिंटन का रजत पदक जीतनेवाली पहली खिलाड़ी हैं, जो भारत की नैशनल चैम्पियन रह चुकी हैं। मात्र २१ साल की उम्र में उन्होंने यह सफलता हासिल की।

८ साल की उम्र से ही सिन्धू ने बैडमिंटन खेलना शुरू किया था। उन्होंने पहले महबूब अली के प्रशिक्षण में इस खेल की बेसिक जानकारियाँ हासिल कीं, बाद में सिकंदराबाद के भारतीय रेल्वे इंस्टिट्यूट में अपना प्रशिक्षण जारी रखा। इसके तुरंत बाद सिन्धू, पुल्लेला गोपिचंद बैडमिंटन अकैडमी में शामिल हो गईं।

एक इंटरव्यू में जब उनसे उनकी कामयाबी का राज़ पूछा गया तब सिन्धू ने बताया, 'इसका श्रेय मैं अपने कोच गोपिचंदजी को देना चाहती हूँ। जब ओलंपिक को ८ महीने बाकी थे तब कोच ने मुझे स्ट्रिक्टली अपनी प्रॅक्टिस पर फोकस करने के लिए कहा। मेरे प्रदर्शन में उन्हें कुछ कमी महसूस हो रही थी। उन्होंने मुझे एक पेपर पर अपनी

सारी कमजोरियाँ लिखने को कहा। जब उनके सामने यह बात आई कि मैं ज़्यादा मोबाइल का इस्तेमाल करने की आदी हूँ और बाहर का खाना पसंद करती हूँ तब उन्होंने ८ महीने तक मेरा मोबाइल अपने पास रखा और मेरा बाहर का खाना पूरी तरह से बंद करवा दिया। यह करना मेरे लिए बहुत ही मुश्किल रहा मगर मेरे सामने, इससे भी बड़ा लक्ष्य था इसलिए मैं अपनी कमियों पर मात कर पाई।'

इस विषय पर जब सिन्धू के कोच गोपिचंदजी से पूछा गया तब उन्होंने बताया कि 'यह करना बहुत ज़रूरी था ताकि वह अपने लक्ष्य पर फोकस कर सके। उसे हर पल लक्ष्य याद आए कि 'मेरे पास मोबाइल नहीं है, मुझे बाहर का जंक फूड खाने नहीं दे रहे हैं क्योंकि मैं कोई गली-मुहल्ले में खेले जानेवाले गेम की नहीं बल्कि ओलंपिक की तैयारी कर रही हूँ।'

इससे साबित होता है कि 'लक्ष्य' ना सिर्फ आपका जीवन बदलता है बल्कि आपके अंदर उठनेवाला प्रत्येक विचार, आपकी क्रिया, निर्णय और आदतें भी बदल देता है।

जिन भी लोगों को अपने अंदर अच्छी आदतें विकसित करने में कठिनाई हो रही है, उन्हें अपने जीवन को एक लक्ष्य या उद्देश्य देना होगा। ऐसा लक्ष्य, जो उन्हें गलत आदत से दूर रख पाने में उनकी मदद करे।

आज की ज़्यादातर युवा पीढ़ी अपना समय मोबाइल, इंटरनेट या बिन्झ-वॉचिंग यानी वेब सीरिज़ देखने में बरबाद करती है। मकड़ी की तरह कई युवा इंटरनेट के जाल में फँसे हुए हैं। उन्हें लगता है इसी से उन्हें जीवन का भरपूर आनंद मिलता है। मोबाइल की दुनिया के साथ वे खुद को आज़ाद महसूस करते हैं। अगर कुछ समय के लिए उनका मोबाइल ले लिया गया तो उन्हें उनकी आज़ादी छीन जाने जैसा महसूस होता है। वे नहीं जानते कि यह आज़ादी नहीं बल्कि मन की गुलामी के लक्षण हैं। यह अपने अंदर कई गलत आदतों को आमंत्रण देने जैसा है।

इसका मतलब आप मोबाइल या इंटरनेट का उपयोग बिलकुल बंद करें, ऐसा नहीं कहा जा रहा है बल्कि किसी भी चीज़ की अति में जाने से सावधान हो जाएँ। यही बात मूवी, टी.वी. सिरियल्स के साथ भी लागू होती है।

कुछ युवा अपनी पसंद की मूवी देखकर बहुत खुश होते हैं। फिर उन्हें लगता है ऐसी और फिल्म्स देखनी चाहिए और वे फिर-फिर से वैसी ही फिल्म्स देखते रहते

हैं। जिससे उन्हें अच्छा महसूस होता है। अब वे 'अच्छे लगने' की फीलिंग को बढ़ाने के लिए उस बात की अति में चले जाते हैं। यही वजह है कि फिल्म्स बनानेवाले भी हायर बजेट की मूवी बनाते रहते हैं। ताकि लोगों को वही अच्छी फीलिंग आती रहे।

इंसान भी 'अच्छा महसूस' करने के लिए कई गलत आदतों का डोज़ बढ़ाता जाता है क्योंकि उसके पास कोई दमदार उद्‌देश्य नहीं होता। मगर अब उसे अच्छी आदतों का डोज बढ़ाना है, अपने जीवन को एक लक्ष्य या उद्‌देश्य देकर।

एक सीनियर सिटिजन थे, जिनकी उम्र ६० साल थी। अपने रिटायरमेंट के बाद उन्होंने देखा कि उनके जीवन में एक ठहराव सा आ गया था। जब वे अपने जॉब पर थे तब उनके पास लक्ष्य था। जिस वजह से सुबह जल्दी उठना... कार्य समय पर पूर्ण करना... समय पर खाना... ऐसी दिनचर्या थी। रिटायरमेंट के बाद खाली समय को काटने के लिए अब वे धीरे-धीरे गलत आदतों में जाने लगे थे। जैसे ज्यादा देर तक सोना, कई घंटे टी.वी. देखना, गलत चीज़ों का सेवन करना, व्यसन करना इत्यादि। जिसका परिणाम उनके शरीर, मन और बुद्धि पर होने लगा।

एक दिन उन्हें अपना पुराना मित्र मिला। जिसने उन्हें एक सीनियर सिटिजन स्पोर्टस् क्लब के बारे में बताया। ऐसा क्लब जहाँ सारे वृद्ध मिलकर कोई खेल खेलते हैं, रोज़ व्यायाम करते हैं, समाजसेवा जैसे अन्य कई कार्य करते हैं।

मित्र की बात सुनकर उस इंसान ने क्लब जॉइन किया और देखा कि उनके जीवन को फिर से एक नई दिशा मिल गई। अब वे पुरानी आदत से बाहर आने लगे।

कहने का अर्थ जिस इंसान के जीवन में कोई लक्ष्य होता है, जैसे पढ़ाई करना, आजीविका सेट करना, बिजनेस में सफलता पाना, अपने कार्य की गुणवत्ता बढ़ाना, खेल में अव्वल आना, समाज सेवा करना आदि उसके लिए नई आदतें विकसित करने या गलत आदतें तोड़ने पर काम करना आसान होता है। लक्ष्य की पूर्ति के लिए वह नए को आसानी से ग्रहण कर पाता है।

यदि आप भी अपनी कोई गलत आदत तोड़ना चाहते हैं तो ऐसा कुछ करें या कोई हॉबी बनाएँ, जिसमें आपको आनंद आता है। जैसे डान्स, पेंटिग, कला, स्पोर्ट्स, लेखन, पठन, पाककला आदि जो भी करना पसंद है, उसे करें। किसी को अव्यक्तिगत कार्य पसंद है तो वह एन.जी.ओ. में जाए। कोई सोशल क्लब जॉइन करें। यह करने के साथ आप खुद को नई-नई बातों में व्यस्त रख पाएँगे और आपके

अंदर अच्छी आदतों का संचार होगा।

जरा सोचिए, जिन लोगों के पास समय है और उनके जीवन में कोई लक्ष्य नहीं है, उनके साथ क्या होता होगा? न चाहते हुए भी, आदतें उन पर हावी हो जाती हैं। इसलिए समय से पहले ही, खुद को कोई दमदार लक्ष्य दें या लक्ष्य नहीं दे सकते तो किसी ना किसी हॉबी के साथ कार्य करें ताकि आप अच्छी आदतें बनाएँ, ना कि आदतें आपको बनाए।

भाग 17

एक साथ कई तरीकें अपनाएँ

एक बार पाँच पहलवान मित्र हिल स्टेशन पर घूमने निकले। उन्हें एक पहाड़ी को पार करना था। रास्ता बहुत घुमावदार व घाटियोंवाला था। उनकी गाड़ी पुरानी होने के कारण एक चढ़ाव पर रुक गई। चढ़ाव इतना ऊँचा था कि लाख कोशिश करने पर भी गाड़ी ऊपर नहीं चढ़ पा रही थी। फिर उनमें से एक मित्र ने नीचे उतरकर गाड़ी को धक्का देना शुरू किया मगर कोई फायदा नहीं हुआ। गाड़ी टस से मस नहीं हुई। यह देख दूसरा मित्र भी नीचे उतरा और उसने गाड़ी को धक्का देना शुरू किया। दोनों की ताकत से गाड़ी थोड़ी आगे बढ़ने लगी। लेकिन उसकी रफ्तार बहुत कम थी। फिर एक के बाद एक, दूसरा, तीसरा और चौथा मित्र भी नीचे उतरा और चारों ने मिलकर गाड़ी को धक्का देना शुरू किया। पाँचवाँ मित्र गाड़ी को ड्राइव कर रहा था। इस तरह जब पाँचों ने मिलकर प्रयास किया तो सभी की ताकत से चढ़ाव आसानी से पार हो गया।

कई बार आपने यह महसूस किया होगा कि आप कोई नई आदत अपनाने की ज़ोरदार कोशिश करते हैं मगर सफल नहीं हो पाते।

क्योंकि आपने एक ही पहलवान को काम पर लगाया होता है। जबकि आपको भी अपने पाँचों पहलवानों को काम पर लगाना चाहिए। ये पाँच पहलवान हैं- हमारे जीवन के पाँच भागः १) शारीरिक २) मानसिक ३) सामाजिक ४) आर्थिक और ५) आध्यात्मिक। इन पाँचों का प्रयोग जब एक साथ किया जाता है तब नई आदत विकसित करना आसान हो जाता है।

हमारे अंदर सालों से चली आ रही आदतों का ढाँचा इतना मज़बूत होता है कि जब हम एक वक्त में एक ही भाग के प्रयोग से उस आदत पर कार्य करते हैं, तब वह एक अकेला उस आदत के सामने कमज़ोर पड़ जाता है। और हम नई आदत विकसित करने से चूक जाते हैं। वैज्ञानिकों ने इस बात पर कई प्रयोग किए हैं।

एक वैज्ञानिक ने बच्चों में खाने से पहले हाथ धोने की आदत डलवाने के लिए एक प्रयोग किया। उसने १२ बच्चों के एक ग्रुप को एक हॉल में बुलाया और बिना हाथ धोए खाने से होनेवाली बीमारियों के बारे में जानकारी देना शुरू किया। एक पुतले के सहारे वैज्ञानिक, इंसान के शरीर के अवयवों की जानकारी दे रहा था कि कैसे हाथ पर जमे कीटाणु पेट में जाकर उन अवयवों को बीमार करते हैं।

तभी एक इंसान उस हॉल में आया और बच्चों को बताया कि वह उनके लिए केक लाया है। वैज्ञानिक ने बच्चों से कहा, जब वह सीटी बजाकर इशारा करेगा तब वे जाकर केक खा सकते हैं। यह कहकर उसने फिर से हाथ धोने का महत्त्व बताना शुरू किया। अंत में उसने बच्चों को सारे अवयव फिर से पुतले में सही जगह पर लगाने के लिए कहा। यह काम पूरा होने के बाद उसने सीटी बजाकर बच्चों को केक खाने का इशारा किया। सीटी बजाते ही बच्चे तुरंत केक की तरफ लपके और उन्होंने केक उठाकर खाना शुरू किया। जबकि उन्होंने अभी-अभी हाथ धोने का महत्त्व सुना था और उस हॉल में एक टेबल पर हॅन्ड सॅनिटायझर की बोतलें भी रखी थीं। मगर आदतवश और स्वादिष्ट केक देखकर बच्चों को हाथ धोने की बात याद भी नहीं आई।

इस तरह बच्चों के साथ उसने पर्सनल मोटिवेशन यानी व्यक्तिगत रूप से प्रेरणा देने का प्रयोग किया, जिसका परिणाम शून्य प्रतिशत आया।

दूसरी बार उसने व्यक्तिगत प्रेरणा के साथ एक और तरीका जोड़ा, जो था- वातावरण में बदलाव। इसमें उसने हॅन्ड सॅनिटायझर की बोतलें उस पुतले के बाजू में ही रखीं, जिसके सहारे वह उन्हें शरीर के अवयव और हाथ न धोने से होनेवाली बीमारियों की जानकारी दे रहा था। साथ ही जिस टेबल पर केक रखा गया, उसके

ऊपर ही एक बोर्ड भी लगा दिया गया, जिस पर लिखा था- 'केक खाने से पहले हाथ धोएँ।' इसके बावजूद एक भी बच्चे ने हाथ नहीं धोया।

तीसरी बार वैज्ञानिक ने एक और तरीका जोड़ा, जो था- विचारपूर्वक अभ्यास यानी डेलिबरेट प्रॅक्टिस। जिसमें उसने न सिर्फ हाथ धोने का महत्त्व बताया बल्कि उनके हाथ में हॅन्ड सॅनिटायझर डालकर उनसे हाथ धोने का अभ्यास भी करवाया। फिर जैसे ही पुतले का अवयव जोड़कर पूरा हुआ, उसने सीटी बजाकर इशारा किया। इस बार बारह में से तीन बच्चों ने पहले हाथ धोए, फिर केक खाया।

फिर उसने चौथा तरीका जोड़ा, जो था- पीअर प्रेशर यानी सहकर्मियों का दबाव या सामाजिक प्रभाव। इस बार उसने पहले तीन तरीकों के साथ-साथ उनमें से दो बच्चों को डॉक्टर जैसी पोशाक पहनाकर उन्हें लीडर के रूप में नियुक्त किया। फिर जब उसने सीटी बजाकर इशारा किया तो कुछ बच्चे केक की तरफ दौड़े और उन्होंने प्लेट से केक उठाया। मगर तभी किसी बच्चे ने कहा, 'हाथ धो लो'। यह सुनते ही बच्चों ने केक वापस रख दिया, हाथ धोए और फिर केक खाया।

चौथी बार देखा गया कि बारह में से ग्यारह बच्चों ने हाथ धोकर केक खाया। इस प्रयोग से वे इस निष्कर्ष पर पहुँचे कि कोई भी नई आदत डालने के लिए यदि एक तरीके की बजाय, एक साथ चार या चार से अधिक तरीकों को उपयोग में लाया जाए तो इसकी सफलता की संभावना दस गुना बढ़ जाती है।

यदि आप भी अपने अंदर कोई नई आदत डालना चाहते हैं तो इस प्रयोग की तरह अलग-अलग तरीकों को एक साथ उपयोग में ला सकते हैं। इसके लिए शारीरिक, मानसिक, सामाजिक, आर्थिक और आध्यात्मिक इन पाँचों भागों पर प्रयास किए जा सकते हैं। इसमें सबसे अहम बात है कि आप वाकई नई आदत अपनाने के इच्छुक हैं तो ही आप कोई अनोखा, नया, अटपटा तरीका ढूँढ़ सकते हैं। आइए, इसे एक उदाहरण से समझते हैं।

मान लीजिए, आप अपने अंदर सुबह जल्दी उठने की आदत लाना चाहते हैं, जिसके लिए आपने अब तक कई तरीकों को अपनाकर देखा होगा। मगर एक बार में आपने एक ही तरीके पर काम किया होगा। अब आपको सभी तरीकों को एक साथ अपनाना है। जैसे-

१) मानसिक भाग पर (आत्मसुझाव)- रात सोने से पहले ही आप खुद को यह आत्मसुझाव दें कि 'कल सुबह मैं -- बजे उठा रहूँगा'।

२) शारीरिक भाग पर (वातावरण में बदलाव)- आप जिसे अपना आदर्श (रोल मॉडेल) मानते हैं, उसका फोटो घर की छत पर या ऐसी जगह लगाकर रखें, जिससे सुबह आँख खोलते ही आपको वह दिखाई दे। सुबह उठते ही तुरंत कंबल हटाकर कमरे की रोशनी बढ़ा दें और कोई व्यायाम या फीजिकल एक्टिविटी शुरू कर दें।

३) सामाजिक भाग पर (सामाजिक प्रभाव)- आप अपने किसी रिश्तेदार/मित्र को सुबह उठाने के लिए या अपने साथ मॉर्निंग वॉक पर चलने के लिए बताकर रख सकते हैं। मित्र आपके दरवाज़े पर आकर खड़ा है तो आपको जाना ही पड़ेगा।

४) आर्थिक भाग पर (रिवार्ड या दंड)- आप खुद को पहले ही बता सकते हैं कि लगातार १५ दिनों तक सुबह जल्दी उठने पर आप खुद को अपने मनपसंद होटल में खाना खिलाएँगे या मनपसंद पुस्तक या ड्रेस रिवार्ड के रूप में देंगे।

यह तरीका काम न करे तो दंड के रूप में पैसे देने का तरीका अपना सकते हैं। आप अपने किसी करीबी मित्र को १०-१० रुपए के १०० नोट देकर कहें कि 'आज से मैं जब भी देर से उठूँगा तो तुम्हें बता दूँगा, तुम इनमें एक नोट मेरे सामने फाड़ देना।' ऐसा करने से हो सकता है एक-दो दिन आप पर कोई असर न हो। मगर तीसरे या चौथे दिन यह बात आपको तकलीफ दे सकती है कि कैसे आप अपना नुकसान कर रहे हैं और आपकी देर से उठने की आदत चली जाए।

इससे भी बात न बने तो अपनी कुछ फेवरेट वस्तुएँ या ड्रेस, मित्र को देकर कहें कि 'मेरे लेट उठने पर तुम इन्हें एक-एक करके नष्ट करते जाना।' अपनी आँखों के सामने इतना बड़ा नुकसान होता देख, संभावना है कि आप जल्दी उठने पर काम करना शुरू कर दें।

५) आध्यात्मिक भाग पर- सुबह अलार्म बजने पर तुरंत उठकर घर में अपने मन पसंद भजन या प्रार्थनाएँ मोबाइल पर चलाएँ। हो सके तो खुद भी गुनगुनाएँ। भक्ति का माहौल इंसान के अंदर नई तरंग लाता है। जिससे आपके अंदर जाग्रति और आनंद की भावना जगती है। साथ ही सुबह उठने का महत्त्व भी स्पष्ट होता है।

यह फार्मूला आप किसी भी आदत को तोड़ने के लिए अपना सकते हैं और लगातार एक महीने की प्रैक्टिस से आप कोई भी आदत बदल सकते हैं।

भाग 18

सिस्टम के साथ आदत बनाएँ या तोड़ें

एक छोटा सा ऑफिस था, जहाँ १० लोग कार्य करते थे। बॉस का कैबिन उन लोगों के बाजू में ही था। बॉस उस ऑफिस में नया था इसलिए कुछ दिन वह सिर्फ ऑफिस को... कर्मचारियों को... ऑफिस के कल्चर को ऑब्जर्व कर रहा था।

उसने देखा कि ऑफिस के लोग बहुत अच्छा कार्य करते हैं। मगर शाम के टी टाइम में सब एक साथ मिलकर गप्पे मारना, किसी की चुगली करना... दूसरों पर हँसना... अनावश्यक बातें करना आदि गलत आदतों के शिकार थे। उनका १५ मिनट का ब्रेक, कब २५ मिनट का हो जाता, उन्हें पता ही नहीं चलता था। फिर पाँच मिनट उनका काम में सेट होने में लग जाता था। इस तरह हरेक का रोज़ आधा घंटा और १० लोगों के मिलाकर ५ घंटे तथा महीने के १० लोगों के १५० घंटों का समय वेस्ट होता था।

बॉस ने इसे कुछ दिनों तक ऑब्जर्व किया और डिसाइड

किया कि टी ब्रेक के समय एक सिस्टम बनाई जाए, जिसमें लोगों को टी ब्रेक मिले, समय का बेस्ट यूज हो और कार्य की गुणवत्ता भी बढ़े।

सिस्टम यह था कि 'टी ब्रेक+स्टैंडिंग मीटिंग।' इस समय बॉस सभी के साथ उनके कार्य से संबंधित बातें करता... ऑफिस के ग्रोथ के लिए नए सुझाव पूछता... लोगों को काम में आनेवाली दिक्कतों पर चर्चा कर, उन्हें सुलझाता आदि। इस तरह किसी को ना कुछ कहते हुए और ना ही दुःखाते हुए, एक सिस्टम बनाकर बॉस ने उस समस्या का समाधान निकाला।

अगर बॉस सबकी आदतें सुधारने में लग जाता तो संभावना थी कि कोई उनकी नहीं सुनता और उनकी बातों को नज़रअंदाज भी कर देता। मगर जब एक सिस्टम के साथ कार्य किया तो उनकी गलत आदतों पर भी प्रहार हुआ।

ज्यादातर लोग सिस्टम का उपयोग, कार्यों की गुणवत्ता बढ़ाने, समय बचाने, चीज़ों का सही इस्तेमाल करने के लिए करते हैं। वे लक्ष्य बनाकर उसे पूरा करने के लिए सिस्टम बनाते हैं। मगर अब हमें सिस्टम बनाने का लक्ष्य रखना है। क्योंकि सिस्टम एक ऐसा टूल है, जिससे लोगों को हर दिन 'आज क्या करें' सोचना नहीं पड़ता। वे निर्धारित किए गए सिस्टम से आसानी से कार्य करते हैं।

जब इंसान अपने जीवन को एक सिस्टम देता है तब वह देखता है कि उसके जीवन में एक सलीका आ गया है। सुबह उठने से लेकर रात सोने तक उसके जीवन को एक दिशा है। क्योंकि सिस्टम आने से इंसान के अंदर की बेहोशी पर प्रहार होता है।

आइए, कुछ उदाहरणों से समझते हैं, 'नई आदतें बनाने के लिए सिस्टम का उपयोग कैसे करें।'

किसी को कम पानी पीने की आदत है। जिस वजह से उसके शरीर में हमेशा डीहाइड्रेशन बना रहता है तथा वह अन्य शारीरिक तकलीफों का भी शिकार बनता है। उसकी समस्या थी कि उसे ज़्यादा प्यास लगती नहीं है और बिना प्यास के पानी पीना उसे याद रहता नहीं। ऐसे में वह यह सिस्टम बना सकता है कि पानी से भरी बोतल अपने टेबल पर रखे, मोबाइल में हर घंटे का रिमान्इडर सेट करे। जब वह एक सिस्टम के साथ निरंतरता से यह करेगा तब उसे आश्चर्य होगा कि कुछ दिनों बाद उसकी बॉडी खुद ब खुद हर घंटे में पानी पीने की डिमांड कर रही है। आज-कल पानी का रिमाइन्डर देनेवाले एप भी उपलब्ध हैं। यानी सिस्टम जब ऑटो-सिस्टम में आ जाती है तब इंसान को मेहनत करने या रिमान्इडर की ज़रूरत नहीं पड़ती बल्कि

खुद ब खुद वह चीज़ होने लगती है।

कोई चाहता है कि 'मैं ढेर सारी किताबें पढ़ूँ! मुझे बुक्स पढ़ने की आदत लगानी है।' इसलिए वह कई बुक्स खरीदता है और पढ़ना शुरू करता है। मगर आदत ना होने के कारण कुछ ही दिनों में पढ़ना छोड़ देता है।

जब वह सिस्टम के साथ कार्य करना डिसाइड करता है तब वह अपने घर पर एक बुक रखता है... अपनी गाड़ी में एक बुक रखता है तथा ऑफिस के ड्रॉवर में भी एक छोटी बुक रखता है ताकि जब भी खाली समय मिले वह उसे पढ़ सके। इस तरह उस इंसान ने अपने लिए खाली समय यानी 'रीडिंग टाइम' यह सिस्टम बनाई। भले ही उसने दो ही पेज पढ़े मगर यह आदत बनाने के लिए कार्य किया।

इसी तरह कोई आदत तोड़ने के लिए भी सिस्टम बनाई जा सकती है। जैसे एक इंसान को बहुत क्रोध आता था। कुछ भी उसके मन के विरूद्ध होता तो वह झगड़ा करने पर उतारू हो जाता। जिस कारण उसका परिवार, उसके रिश्ते बिखरने लगे। कई लोग उससे दूरी बनाने लगे। बच्चे उससे डरने लगे। इन सबका असर यह हुआ कि वह खुद अपराधबोध से घिर गया। अपने क्रोध को कंट्रोल में रखने की वह बहुत कोशिश करता मगर हमेशा नाकामयाब होता।

इससे पहले की उसका गुस्सा पूरे घर को, उसके जीवन को तबाह करता, उसने अपने गुस्से को कंट्रोल में रखने के लिए एक सिस्टम बनाया। उसने अपने पास एक छोटी डायरी रखी। उस डायरी में वह रोज़ कुछ डंडियाँ खींचता और दिन में जब भी गुस्सा आए, उनमें से एक-एक डंडी को क्रॉस करता यानी उस डंडी को तोड़ता। अगर दिन में दस घटनाओं में से ८ घटनाओं में उसे गुस्सा आता तो वह ८ डंडियों को क्रॉस करता।

इससे उसे दिखने लगा कि जहाँ ज़रूरत भी नहीं थी, वहाँ वह दिन में कितनी बार क्रोध करता है। इसलिए उसने ठान लिया कि रोज़ एक तो डंडी कम करनी है। सिस्टम की वजह से उसके सामने गिनती आई कि रोज़ कितनी बार उससे अनावश्यक क्रोध हो रहा है। होश के कारण धीरे-धीरे उसका अपने क्रोध पर नियंत्रण आने लगा। रोज़ डंडियाँ कम होने लगीं और उसकी गुस्सा करने की गलत आदत कम हो गई।

इसी तरह आपको भी अपने लिए ऐसा सिस्टम बनाना है, जो आपकी गलत आदतों को तोड़ने में आपकी मदद करे और आपको उसका प्रमाण दे कि उसे तोड़ने के लिए आप कितने सफल हुए या कितने असफल हुए।

ऑर्गनाइज़्ड होने के लिए आदतों को आसान बनाएँ

कदम : सिस्टम बनाकर छोटे-छोटे कदम उठाएँ- ➡

अ) पहले हफ्ते में रोज़ १५ से ३० मिनट कपड़ों को ठीक से रखें।

ब) दूसरे हफ्ते में रोज़ १५ से ३० मिनट किचन के सामान को व्यवस्थित रखें।

क) इसी तरह तीसरे और चौथे हफ्ते में दवाइयाँ, स्टेशनरी आदि सामान ठीक रखने का कार्य करें।

कदम : रूचिपूर्ण और आसान बनाएँ ➡

अ) चीज़ें ऑर्गनाइज़्ड रखने में नयापन लाएँ। जैसे फर्निचर के स्थान में फेर-बदल करें।

ब) इस कार्य को आसान करने के लिए अपने साथ घर के सभी सदस्यों को शामिल करें।

क) एक दिन टाइमर लगाकर कार्य करें, इससे आपको वही-वही करना बोरियतभरा नहीं लगेगा। आप इसे खेल की तरह देखेंगे तो आपको मज़ा आएगा।

ड) खुद को शाबाशी देना न भूलें, खुद में नई आदत डालने के लिए खुद को सराहें, अपने आपको अवॉर्ड ज़रूर दें। जैसे कभी आइसक्रीम, कभी कोई पसंदीदा ड्रेस खरीद लें, कभी बाहर खाने के लिए चले जाएँ आदि। इससे मन आगे भी आसानी से कार्य कर पाएगा।

मुँहफट जवाब देने की आदत तोड़ने को आसान बनाएँ

| कदम : सिस्टम बनाएँ | → | हर रात सोने से पहले लिखें, दिन में कितनी बार आपने मुँहफट जवाब दिया/कितनी बार खुद को रोका। यदि आपने ३ से ज़्यादा बार मुँहफट जवाब दिया तो दूसरे दिन चाय/कॉफी न पीएँ या एक दिन का उपवास करें। |

| कदम : छोटा कदम लें | → | अ) किसी को मुँहफट जवाब दिया तो खुद को हलका सा टप्पू मार लें।
ब) तुरंत सामनेवाले को सॉरी कहें या नहीं कह पा रहे हैं तो कम से कम मन में कहें।
क) मुँहफट जवाब देने से पहले लंबी साँस लें। |

खण्ड 4

फाइनल टूल का वार

भाग 19

वृत्तियों की पहचान

इंसान के अंदर आदतों के साथ-साथ कुछ वृत्तियाँ भी होती हैं। आदतों के बारे में इंसान को पता होता है कि उसके अंदर कौन सी अच्छी आदतें हैं और कौन सी गलत। क्योंकि उसे बचपन से ही सिखाया जाता है, 'यह-यह करना अच्छी बात है... ऐसा-ऐसा करना गलत है...।'

बड़े होने पर परिस्थिति, व्यवसाय और संगत के अनुसार लोगों में अलग-अलग आदतें तैयार होती हैं। जैसे कोई खिलाड़ी या फिल्म स्टार बनता है तो उसके अंदर व्यायाम करने की आदत तैयार होती है। कोई दूध या न्यूजपेपर के व्यवसाय में है तो उसमें सुबह जल्दी उठने की आदत तैयार होती है। उसी तरह कुछ लोगों में गलत दोस्तों के साथ रहकर शराब, सिगरेट पीने या जुआ खेलने की गलत आदतें भी आ जाती हैं।

अब तक इस पुस्तक में आपने अच्छी आदतों को अपनाने तथा गलत आदतों को तोड़ने के उपाय जानें। आइए, अब वृत्तियों के बारे में विस्तार से जानते हैं।

साधारणतः आदतें इंसान की क्रियाओं के साथ जुड़ी होती हैं, जो उसके दिनभर के कार्यों में दिखाई देती हैं। लेकिन इंसान के अंदर कौन सी वृत्तियाँ हैं, यह कई बार दिखाई नहीं देता क्योंकि वे मानसिक तौर पर होती हैं। वृत्ति यानी झुकाव, टेन्डेन्सी, जो इंसान के व्यवहार या प्रतिसाद के साथ जुड़ी होती है। जिस कारण अलग-अलग घटनाओं में वह एक निश्चित ढाँचे के अनुसार ही प्रतिसाद देता है। उसके रिश्तेदार या दोस्त भी आसानी से बता सकते हैं कि फलाँ घटना में वह क्या करेगा। घटनाओं में अकसर वृत्तियाँ ही इंसान से चुनाव करवाती हैं। किसी घटना में अलग-अलग विकल्प होने के बावजूद वृत्ति के अनुसार प्रतिसाद चुनने के लिए इंसान मजबूर होता है।

जैसे कुछ लोगों में 'पलायन' की वृत्ति होती है। जिस कारण अनचाही घटना और उसके परिणामों का सामना करने के बजाय उससे भागते रहते हैं या अपना ध्यान किसी अन्य बातों में लगाए रखते हैं। कुछ लोग तो सीगरेट या शराब जैसे व्यसनों का भी सहारा लेते हैं ताकि दुःखद घटना के विचारों से वे कुछ देर के लिए ही सही, दूर रह सकें।

कुछ लोगों में 'खुद को सही मानने' की वृत्ति होती है। वे नहीं चाहते कि कोई उन्हें गलत समझें। इसलिए खुद को सही साबित करने का उनका प्रयास चलते रहता है। इस वृत्ति के कारण वे लोगों की बात नहीं मानते और अपनी ही बात पर अड़े रहते हैं।

इसी तरह कुछ लोगों में बदला लेने, लापरवाही या लालच की वृत्ति होती है।

वृत्तियाँ एक तरह से इंसान के स्वभाव का हिस्सा होती हैं। गलत आदतों में जाने पर सभी टोकते हैं लेकिन वृत्तियों के लिए कोई नहीं टोकता। लोगों को लगता है, 'यह उसका स्वभाव है, वह ऐसे ही रीऐक्ट करेगा'। जबकि इन वृत्तियों का असर उसके विकास, सफलता और रिश्तों पर हो रहा होता है। यह बात इंसान जल्दी समझ नहीं पाता। इसलिए ज़्यादातर लोगों को इन्हें तोड़ने की आवश्यकता भी महसूस नहीं होती।

वृत्तियों से प्रभावित होकर लोग चुनाव करते हैं और कई सारी नकारात्मक बातों में उलझकर, अपने जीवन की उच्च संभावना को खो देते हैं। उस संभावना को खोलने तथा अपने जीवन की गुणवत्ता बढ़ाने के लिए आपको आदतों के साथ-साथ अपने अंदर स्थित वृत्तियों को भी पहचानकर, उन्हें तोड़ने का कार्य करना होगा।

आइए, वृत्तियों को तोड़ने के कुछ उपाय जानें।

१) **अपना सबक सीखें–** याद करें, आपके जीवन में ऐसी कौन सी घटनाएँ हुईं, जिनमें आपने लगभग एक ही प्रकार का चुनाव किया। उस चुनाव से आपको अपनी वृत्ति समझ में आएगी। जैसे यदि आप किसी भी चीज़ को आसानी से छोड़ नहीं पाते हैं, किसी फेंकने लायक चीज़ को भी सँभालकर रखते हैं, ज़रूरत होने पर भी पैसे खर्च नहीं कर पाते हैं, यहाँ तक कि अपनी भावनाओं को भी व्यक्त नहीं कर पाते हैं तो समझें कि आपके अंदर जमा करने की वृत्ति है।

असल में बार-बार ऐसी घटनाएँ सामने लाकर कुदरत आपको कुछ सबक सिखाना चाहती है। जब आप अपने सबक सीख लेंगे तो वैसी घटनाएँ रिपीट नहीं होंगी और आप उस वृत्ति से मुक्त हो जाएँगे।

अपना सबक सीखने के लिए आपको घटनाओं में नया चुनाव करना होगा। इसके लिए आप पहले ही तय करें कि अगली बार जब कोई ऐसी घटना होगी, जिसमें आपसे वृत्ति के अनुसार चुनाव किया जा सकता है तो वहाँ आपको अपनी वृत्ति के विपरीत चुनाव करना है। मानो, आपमें जमा करने की वृत्ति है तो आपको छोड़ने का चुनाव करना है। कोई चीज़ कितनी भी अच्छी लगे, उसे जाने देना है। पैसों को ज़रूरत के समय खर्च करना है, अपनी भावनाओं को सही इंसान के सामने व्यक्त करना है। इस तरह जब आप चीज़ों को छोड़ना शुरू करेंगे तो धीरे-धीरे आपकी जमा करने की वृत्ति टूटते जाएगी।

यदि आपमें पलायन की वृत्ति है तो उसे तोड़ने के लिए आपको घटना और उसके परिणामों का सामना करने का चुनाव करना होगा। जब आप ऐसा करेंगे तो जानेंगे कि यह इतना कठिन नहीं था।

इसी तरह यदि आपमें छोटी-छोटी बातों में क्रोध करने की वृत्ति है तो आपका सबक है प्रेम। अतः जब भी क्रोधभरी स्थिति उत्पन्न हो तो प्रेम से प्रतिसाद देने का अभ्यास शुरू करें। यदि आप बिना वजह चिंतित होते होंगे तो आपका सबक है निश्चिंत रहना और चिंता की जगह सकारात्मक विचार रखना। यदि आप डर की वृत्ति के शिकार हैं तो आपको साहस का चुनाव करना होगा ताकि आपका आत्मविश्वास भी बढ़े।

२) **समझ प्राप्त करें –** इंसान की वृत्तियों के पीछे एक कारण होता है – उसके अंदर की मान्यताएँ। मान्यता यानी जो इंसान ने पक्का मान लिया होता है लेकिन वह हकीकत नहीं होती। उस मान्यता को ढूँढ़कर उसके पीछे की सच्चाई को जानने का प्रयास करें। जब आप समझ प्राप्त करेंगे तब वह मान्यता और उससे बनी वृत्ति, दोनों स्वतः ही विलीन होने लगेंगी।

जैसे किसी के अंदर बदला लेने की वृत्ति है तो उसके पीछे उसकी मान्यता होती है कि लोग उसका बुरा चाहते हैं इसलिए उसके साथ बुरा व्यवहार करते हैं। यदि वह हकीकत जानने की कोशिश करेगा तो उसे पता चलेगा कि हर इंसान अपनी समझ अनुसार प्रतिसाद देता है। कई बार किसी को दुःख पहुँचाने या किसी का बुरा करने का लोगों का इंटेन्शन नहीं होता। जाने–अनजाने में उनके किसी वाक्य या क्रिया से किसी को बुरा लगता है। इसका मतलब यह नहीं कि वे आपका बुरा चाहते हैं।

साथ ही किसी ने कुछ कह दिया तो 'अब मैं उसे ऐसा सुनाऊँगा... ऐसे बदला लूँगा...' सोच–सोचकर इंसान खुद ही बदले की आग में जलकर, अपना बुरा कर रहा होता है। यदि यह समझ उसमें आ जाए तो वह बदला लेने की वृत्ति तोड़ पाएगा।

इन उपायों को इस्तेमाल करके आपको पहले अपने अंदर छिपी वृत्तियों को पहचानना है। उसके साथ कौन सा सबक कुदरत आपको देना चाहती है, उसे ढूँढ़ना है। इनके अलावा उन वृत्तियों के पीछे कौन सी मान्यता है और उसे तोड़ने के लिए आवश्यक समझ मनन द्वारा प्राप्त करनी होगी ताकि आप अपने जीवन की उच्च संभावना को खोल पाएँ।

भाग 20

गहरी वृत्तियों पर प्रहार

पिछले भाग में आपने वृत्तियों के बारे में जाना। आइए, अब इस भाग में जानें ये वृत्तियाँ इंसान के अंदर बनती कैसे हैं या कहाँ से आती हैं?

बचपन से इंसान अपने माता-पिता, दादा-दादी को अलग-अलग घटनाओं में जैसा व्यवहार करते हुए देखता है, वैसा ही व्यवहार उससे भी होने लगता है। घर में यदि कोई अपनी बात मनवाने के लिए इमोशनली ब्लैकमेल करता हो तो वह भी जाने-अनजाने में वैसे ही करने लगता है। कोई बात-बात पर डाँटता या चिल्लाता हो तो वह भी देखा-देखी डाँटना, चिल्लाना शुरू करता है। इस तरह परवरिश, इंसान की वृत्तियाँ बनने में बड़ी भूमिका निभाती है।

कुछ वृत्तियाँ ऊपरी-ऊपरी होती हैं, जिन्हें इंसान मनन द्वारा सामने लाकर, उन पर कार्य करके तोड़ पाता है। मगर कुछ वृत्तियाँ इतनी गहरी होती हैं कि इंसान उन्हें जान भी नहीं पाता। जैसे डी.एन.ए. से आई वृत्तियाँ, जिनकी जड़े इंसान के अंदर इस तरह फैली

हुई होती हैं कि वे उसका स्वभाव ही बन जाती हैं। इसलिए 'मेरे अंदर ये वृत्तियाँ हैं', यह भी कई बार इंसान समझ नहीं पाता। यदि वह समझ भी जाए तो उसे यह कहकर नज़रअंदाज़ कर देता है कि 'यह वृत्ति तो मेरे पूर्वजों से आई है... मेरे दादा/दादी का स्वभाव भी ऐसा ही था'।

'स्वभावाला औषध नाही' यह बहाना देकर कई लोग वृत्तियों पर काम करना नहीं चाहते। क्योंकि गहरी वृत्तियों को तोड़ना थोड़ा मुश्किल होता है मगर यह नामुमकिन बिलकुल नहीं है।

जी हाँ! अपनी सभी गलत आदतों और वृत्तियों को जड़ से उखाड़ा जा सकता है। इसके लिए आपको 'फाइनल टूल' का इस्तेमाल करना होगा, जो न सिर्फ आदतें व वृत्तियाँ तोड़ने का फाइनल टूल है बल्कि इंसान के जीवन का मूल लक्ष्य भी है। साथ ही इस टूल के इस्तेमाल से नई गलत आदतें और वृत्तियाँ बनने की भी कोई संभावना नहीं बचती।

यह फाइनल टूल है- आध्यात्मिक ज्ञान यानी स्वअनुभव प्राप्त करना अर्थात 'मैं कौन हूँ?' यह अनुभव से जानना। क्योंकि असल में वह न शरीर है, न मन और न ही बुद्धि! वह उन्हें इस्तेमाल करनेवाला, 'सेल्फ' है, जिसे चैतन्य, चेतना, अनुभव, ईश्वर, अल्लाह या गॉड कहा गया है। सेल्फ ही इंसान के मन और शरीर (मनोशरीर यंत्र) के साथ जुड़ता है ताकि उसके द्वारा वह अपना अनुभव कर सके। अपने गुणों को जानकर उनकी अभिव्यक्ति कर सके।

दरअसल इंसान स्वअनुभव (अपने होने का अहसास) पहले से ही जानता है और कई बार उसने वह अनुभव महसूस भी किया होता है। हर रात गहरी नींद में वह स्वअनुभव पर ही होता है लेकिन सुबह होते ही उस अनुभव को भूल जाता है। सुबह उठकर इंसान फिर से शरीर के साथ जुड़कर संसार में प्रवेश करता है। फिर पति/पत्नी; पिता/माता; बेटा/बेटी; भाई/बहन; ऑफिसर आदि किरदारों के साथ चिपक जाता है। उसे याद ही नहीं आता कि वह असल में कौन हैं... कौन यह किरदार निभा रहा है...।

अपनी मूल अवस्था को फिर से पाने का उत्तम मार्ग है 'ध्यान साधना।' ध्यान के द्वारा गहरी नींद में मिलनेवाला स्वअनुभव आप जाग्रत अवस्था में भी प्राप्त कर सकते हैं।

ध्यान के दौरान 'मैं शरीर नहीं हूँ' यह सत्य आपको साफ-साफ दिखाई देने

लगता है। आप स्वअनुभव से जान जाते हैं कि आप शरीर का इस्तेमाल कर रहे हैं, शरीर नहीं, बिलकुल वैसे जैसे आपकी हर चीज़ का आप बस इस्तेमाल करते हैं, उसे 'मैं' नहीं मानते। आइए, अब पुस्तक को थोड़ी देर बाजू में रखकर, इस ध्यान में स्वअनुभव का अहसास पाएँ।

नीचे दिए गए कदमों को पहले पढ़कर समझ लें और बाद में उसके अनुसार ध्यान करें। इन कदमों को आप अपनी आवाज में रिकॉर्ड भी कर सकते हैं ताकि उसे चलाकर आप यह ध्यान आसानी से कर सकें।

१) शांत वातावरण में अपनी आँखें बंद करके बैठें।

२) दो-चार गहरी साँसें लेकर धीरे-धीरे छोड़ें।

३) आप जिस घर में बैठे हैं, उस पर अपना ध्यान लेकर जाएँ और खुद से पूछें, 'क्या मैं यह घर हूँ?' क्या जवाब आता है, उसे जानें। जवाब आएगा, 'नहीं, मैं यह घर नहीं हूँ... मेरा घर मैं नहीं हो सकता'।

४) आपने जो कपड़ें पहने हैं, उन्हें जानते हुए खुद से पूछें, 'क्या मैं ये कपड़े हूँ?' क्या जवाब आता है, उसे जानें। जवाब आएगा, 'नहीं, मैं ये कपड़ें नहीं हूँ... मेरे कपड़े मैं नहीं हो सकता'।

५) अपना ध्यान अपने हाथों पर लेकर जाएँ और खुद से पूछें, 'क्या ये हाथ मैं हूँ?' क्या जवाब आता है, उसे जानें। जवाब आएगा, 'नहीं, मेरा हाथ मैं नहीं हो सकता क्योंकि मैं इन्हें खुद से अलग जान पा रहा हूँ।'

६) इसी तरह अपना ध्यान एक-एक करके अपने पैरों, कमर, पीठ, कंधे, गर्दन और चेहरे पर लेकर जाएँ। हर अंग के साथ खुद से सवाल पूछें, क्या आप वह अंग हैं? क्या जवाब आता है, उसे जानकर अगले अंग के साथ यही सवाल पूछें।

७) फिर अपना ध्यान पूरे शरीर पर लेकर जाएँ और खुद से पूछें, 'क्या मैं यह शरीर हूँ?' जो जवाब आए, उसे जानें।

८) जो अनुभव इस वक्त हो रहा है, उसे कुछ समय महसूस करते रहें।

९) यह अनुभव वृत्तियों से चिपकाव कम करने का कार्य कर रहा है, इस बोध को बढ़ने दें।

१०) अंततः उसी अवस्था में रहते हुए धीरे-धीरे अपनी आँखें खोलें।

इस ध्यान में जब आप अपने घर, कपड़े, शरीर के हर अंग के साथ सवाल पूछते गए तब जवाब आया कि आप ये सब नहीं हो क्योंकि आप उन्हें खुद से अलग जान पा रहे थे।

आप कहते हैं, 'यह मेरा घर है', आप ऐसा कभी नहीं कहते कि 'मैं घर हूँ'। उसी तरह आप कहते हैं, 'यह मेरा हाथ, यह मेरा चेहरा है।' आप ऐसा कभी नहीं कहते, 'मैं हाथ या चेहरा हूँ।' अर्थात जिस चीज़ को आप 'मेरा' कहते हैं, वह आप नहीं होते। जैसे मेरा मन, मेरी आँखें, मेरी बुद्धि, मेरा शरीर...। मगर आश्चर्य की बात है कि आप अपने शरीर को 'मैं' मान लेते हैं। हालाँकि शरीर को भी आप इस्तेमाल कर रहे हैं। एक-एक अंग के साथ देखा तो उसे आपने मैं नहीं माना। लेकिन सभी अंग जुड़ गए तो उसे आपने 'मैं' मान लिया। इसका अर्थ 'मैं' यानी यह शरीर ऐसा भ्रम तैयार हो गया।

इसी भ्रम को तोड़ना है ताकि आप 'असली मैं' को जान पाएँ। ध्यान में जब आपने पूछा कि 'क्या आप यह शरीर हैं?' तो शायद कोई जवाब नहीं आया होगा या आपके अंदर एक सवाल जगा होगा कि 'यदि मैं यह शरीर नहीं हूँ तो फिर मैं कौन हूँ?' जब कोई जवाब नहीं आया तो उस वक्त जो मौन प्रकट हुआ, वही स्वअनुभव है। उस मौन में आप सिर्फ उपस्थित थे, जान रहे थे।

ध्यान में शरीर में उठनेवाले दर्द, मन में उठनेवाली भावनाएँ, अंदर चलनेवाले विचार, इन सबको आप जान रहे होते हो। ये दर्द, भावनाएँ या विचार आप नहीं हो।

ध्यान में आपको अपने शरीर और स्वयं (सेल्फ) में अंतर साफ-साफ दिखाई देगा। इससे आपको स्पष्ट होते जाएगा कि ये आदतें, वृत्तियाँ आपमें नहीं बल्कि आपके शरीर में हैं। यह समझ गहरी होने के बाद हर घटना में आपसे खुद को जानते हुए चुनाव होने लगेंगे, न कि वृत्तियाँ आपसे चुनाव करवाएँगी।

स्वअनुभव के साथ यह भी स्पष्ट होगा कि शरीर और मन एक आइना है, जो सतत आपको अपना एहसास करवा रहा है। इसलिए आप अपने शरीर और मन को साफ और शुद्ध रखना चाहेंगे। जैसे आइना देखते वक्त यदि उस पर थोड़ी सी भी धुल या कोई दाग दिखाई दे तो आप उसे तुरंत साफ करते हो ताकि खुद को स्पष्ट देख पाएँ। वैसे ही आप आदतों और वृत्तियों से मुक्त होना चाहेंगे ताकि अपना अनुभव बिना रुकावट के कर पाएँ। यही अनुभव प्रखर करना फाइनल टूल है।

भाग 21

वृत्तियों से मुक्ति

एक राजा के पास सफेद रंग की बहुत ही सुंदर बिल्ली थी, जिसे वह बहुत प्यार करता था। एक दिन राजा ने दरबारीयों से कहा, 'बिल्ली के लिए छोटा सिंहासन बनवाया जाए ताकि दरबार में वह हमारे साथ बैठ सके।'

बिल्ली के लिए मुकुट लाया गया, उसे नए वस्त्र और आभूषण पहनाए गए तथा उसके सामने कई तरह के पकवान, दूध आदि रखे गए। अब बिल्ली मुकुट पहनकर महारानी की तरह सिंहासन पर बैठ गई।

उतने में, बिल्ली के सामने से एक चूहा गुजरा। उसने आव देखा ना ताव, जोर से छलाँग मारकर चूहे पर झपटी। मगर चूहा वहाँ से भाग निकला। इस छिना झपटी में, बिल्ली का मुकुट गिर गया... उसके लिए लाए गए व्यंजन अस्त-व्यस्त हो गए... उसने जो आभूषण पहने थे, सब इधर-उधर बिखर गए....।

ये सब देख राजा को बड़ा दुःख हुआ कि इतने सारे व्यंजन सामने होते हुए भी बिल्ली चूहे के पीछे क्यों भागी?

इंसान हो या जानवर... वह वही करता है, जो वृत्ति उससे करवाती है। बिल्ली को राजा के पास सिंहासन, सम्मान मिला... मगर चूहा दिखते ही उसके पीछे भागने की वृत्ति के कारण सब तहस-नहस हो गया।

बिल्ली की तरह इंसान भी अपनी वृत्तियों में बँधा हुआ है। इसलिए विकास के कितने ही मौके सामने आने पर भी वह वृत्तियों के अनुसार चुनाव करता है और उन मौकों को गँवा देता है। इतना ही नहीं, वह जीवन के उच्चतम लक्ष्य को भी अपनी छोटी सी वृत्ति के कारण दाँव पर लगा देता है।

इंसान के जीवन का उच्चतम लक्ष्य है- 'मैं कौन हूँ' यह सत्य अनुभव से जानना (सेल्फ रियलाइझेशन), फिर उस अनुभव में स्थापित होना (सेल्फ स्टैबिलाइजेशन)। स्वअनुभव में स्थापित होने के बाद इंसान का होश इतना बढ़ जाता है कि उससे कोई भी कार्य या प्रतिसाद पुरानी आदतों या वृत्तियों के अनुसार नहीं होता। बल्कि हर क्षण उससे नया, तेज, ताज़ा, फ्रेश प्रतिसाद निकलता है, जो सभी के मंगल के लिए होता है।

लेकिन स्वअनुभव में स्थापित होने के लिए यही आदतें और वृत्तियाँ बाधा बनती हैं। जैसे राजसिंहासन मिलने के बाद भी बिल्ली चूहे के पीछे भागी, उसी तरह अंतिम लक्ष्य के नज़दीक होते हुए भी इंसान एक छोटी सी वृत्ति में अटककर उसे भी ठुकरा सकता है।

इतिहास में ऐसे कई उदाहरण मौजूद हैं, जहाँ लोग एक छोटी सी वृत्ति में अटककर, स्वअनुभव में स्थापित होने से वंचित रह गए। हालाँकि वे सत्य प्राप्ति की राह में उच्च स्तर पर भी पहुँचे लेकिन वृत्ति पर विजय प्राप्त न कर पाएँ और सत्य प्राप्ति के लक्ष्य से भटक गए।

जैसे द्रौपदी के साथ हुआ... द्रोणाचार्य से अपने अपमान का बदला लेने के लिए, राजा द्रुपद ने एक यज्ञ किया। ताकि उसे बेटा प्राप्त हो और वह उसके द्वारा अपना बदला ले सके। इस यज्ञ से उसे बेटे के साथ-साथ, बेटी भी प्राप्त हुई, जिसका नाम द्रौपदी रखा गया।

द्रौपदी के अंदर जीन्स से ही बदला लेने की वृत्ति आई। आगे उसके जीवन में श्रीकृष्ण आए और उसके अंदर श्रीकृष्ण के प्रति भक्ति भी जगी। कृष्ण कृपा से उसे आत्मज्ञान मिला। यहाँ तक कि द्रौपदी को 'कृष्णा' नाम भी मिला। मगर उसकी बदला लेने की वृत्ति ने उसे सत्य में स्थापित होने से वंचित रखा। आज द्रौपदी का नाम संत मीराबाई, राधा आदि के साथ गिना जा सकता था मगर ऐसा नहीं हुआ।

कहने का अर्थ कई बार एक वृत्ति इंसान को अंतिम लक्ष्य से भी भटकाकर, उससे महँगा सौदा करवा सकती है! यदि आप इससे बचना चाहते हैं तो आपको अपने अंदर की हर वृत्ति पर कार्य कर, उसे मिटाना होगा।

इसके लिए आपको ध्यान का अभ्यास करना होगा। क्योंकि वृत्तियों को तोड़ने के लिए ध्यान उपयुक्त साधन है। ध्यान में आप स्वअनुभव तो करते ही हैं, साथ ही मन के विकारों का दर्शन भी होता है। स्वअनुभव के प्रकाश में जैसे-जैसे यह दर्शन बढ़ते जाता है, वैसे-वैसे आपकी वृत्तियाँ और विकार स्वतः ही विलिन होने लगते हैं।

जैसे अंगूलीमल डाकू के साथ हुआ। वह जंगल में लोगों को मारकर उनका धन लूटता। फिर उनकी एक उँगली काँटकर, उसकी माला बनाकर पहनता। जब वह भगवान बुद्ध के संपर्क में आया तब उसे सत्य का ज्ञान मिला। वह भगवान बुद्ध का शिष्य बना और ध्यान साधना करने लगा।

जब वह भिक्षा माँगने जाता, तब कुछ लोग उसके प्रति क्रोध के कारण उसे पत्थरों व लाठियों से मारते। ऐसे में भगवान बुद्ध की शिक्षा अनुसार वह अपनी पीड़ाओं को समभाव से देखने लगा। समभाव यानी सुख और दुःख दोनों के प्रति समान भावना रखना। जब लोग उसे मारने लगते, तब अन्य भिक्षु लोगों को बताते कि अब वह बदल गया है। लेकिन अंगूलीमल कहता, 'लोगों को मुझे मारने दो... ताकि मेरे रक्त के साथ मेरे अंदर की बुरी वृत्तियाँ भी बह जाए...'।

इस तरह कई यातनाओं से गुजरकर, अंगूलीमल का मन शुद्ध होते गया। स्वअनुभव पर रहते हुए वह उन पीड़ाओं को जान रहा था कि ये पीड़ाएँ शरीर पर हैं, उसके साथ नहीं। धीरे-धीरे वह इस सत्य में दृढ़ होता गया और अपनी सारी वृत्तियों से मुक्त होकर, अंततः सत्य में स्थापित हो गया।

ध्यान में बैठने से इंसान की गलत वृत्तियाँ कमजोर पड़ने लगती हैं, उनका असर कम-कम होने लगता है। ध्यान में इंसान अपनी सारी नकारात्मक भावनाओं को आसानी से रिलीज कर, छोड़ पाता है, जिससे उसके अंदर की शुद्धता बढ़ने लगती है।

आइए, अपने अंदर की सारी गलत आदतें और वृत्तियों को बाहर निकालने के लिए एक ध्यान विधि समझते हैं। अंगूलीमल ने जैसे खुली आँखों के ध्यान के साथ अपनी वृत्तियों का दर्शन कर, उन्हें जाने दिया, उसी तरह अब आप बंद आँखों के साथ यह ध्यान करें और अपनी वृत्तियों को जाने दें (रिलीज करें)।

नीचे दिए कदमों को पहले पूरा पढ़ लें। फिर उसके अनुसार एक-एक कदम करते जाएँ।

१) शांत वातावरण में आँखें बंद करके बैठें।

२) दो-चार लंबी साँसें लेकर धीरे से छोड़ें।

३) खुद से सवाल पूछें, 'मैं कौन हूँ?' क्या जवाब आता है, उसे जानें। कुछ समय के अंतराल के बाद यह सवाल फिर से दोहराएँ। इससे आप अपने होने के एहसास यानी स्वअनुभव को जान पाएँगे।

४) अपने हाथों की मुट्ठी बनाकर, ऐसी वृत्तियों को याद करें, जो जाने-अनजाने में बनी हैं। वे वृत्तियाँ आपके शरीर में हैं, आपके साथ नहीं, इस समझ के साथ मुट्ठी खोलते हुए मन में कहें, 'इन वृत्तियों (अपनी वृत्तियों का नाम लें- उदा. पलायन, कामचोरी...) को मैं रिलीज करता हूँ... जाने दो...जाने दो... जाने दो...।'

५) इसी तरह अब ऐसी वृत्तियाँ जो आपके अंदर हैं मगर आपको पता नहीं है, उनके साथ यह पंक्ति दोहराएँ- 'जो वृत्तियाँ मेरे प्रकाश में नहीं आई हैं, उन्हें भी मैं रिलीज करता हूँ... जाने दो...जाने दो... जाने दो...।'

६) अब अपने पूर्वजों, रिश्तेदारों को आँखों के सामने लाएँ। महसूस करें कि वे सभी आपके सामने हैं। अब उन्हें बताएँ, 'जो भी गलत आदतें, वृत्तियाँ मेरे अंदर डी.एन.ए से आई हैं, (उन वृत्तियों का नाम लें, जैसे क्रोध, बदला, कपट...) उन्हें मैं रिलीज करता हूँ।' फिर अपनी मुट्टी को खोलते हुए कहें,

'जाने दो... जाने दो... जाने दो...।'

७) अंत में मुक्ति का भाव रखते हुए, दोनों हाथों को आसमान की ओर उठाकर कहें, 'इन सारी नकारात्मक आदतों और वृत्तियों को मैं ब्रह्मांड में छोड़ रहा हूँ। मैं इनसे मुक्त हूँ... मुक्त हूँ... मुक्त हूँ...।'

८) कुछ समय बाद धीरे-धीरे अपनी आँखें खोलें।

निरंतरता के साथ इस ध्यान का अभ्यास कर, आप अपनी सभी गलत वृत्तियों से मुक्त होकर, अंतिम लक्ष्य को प्राप्त कर सकते हैं।

ऑर्गनाइज़्ड होने के लिए फाइनल टूल का वार

कदम : ध्यान

१) आँखें बंद करके गहरी साँस लें।
२) 'यह आदत शरीर के साथ है और मैं शरीर नहीं हूँ', इस समझ के साथ कुछ देर बैठें।
३) ध्यान में विचार सताए तो अपना ध्यान फिर से साँस पर लेकर आएँ।
४) हर अंदर आती हुई साँस के साथ मन में कहें, 'मैं ऑर्गनाइज़्ड, सुव्यस्थित बनता जा रहा हूँ। मेरे जीवन के सभी आयाम सुव्यवस्थित, संगठित रूप से कार्य कर रहे हैं।'
५) हर बाहर जाती हुई साँस के साथ कहें, 'मेरी पुरानी डिसॉर्गनाइज़्ड की नकारात्मक आदत छूटती जा रही है।'
६) अंत में ऑर्गनाइज़्ड रहने की आदत मेरे अंदर आ गई है, इस भाव के साथ ध्यान पूर्ण करें।

मुँहफट जवाब देने की आदत तोड़ने को फायनल टूल

कदम : ध्यान

१) आँखें बंद करके शांत बैठें।
२) यह आदत शरीर के साथ है और मैं शरीर नहीं हूँ, इस समझ के साथ कुछ देर बैठें।
३) अपने हाथों की मुट्ठी बनाएँ और मुट्ठी को धीरे-धीरे खोलते हुए मन में कहें, 'मेरी मुँहफट जवाब देने की आदत जा रही है... जा रही है... जा रही है...।'
४) अंत में यह आदत मेरे अंदर से जा चुकी है, इस भाव के साथ ध्यान पूर्ण करें।

खण्ड 5

कामयाब लोगों की नौ आदतें

भाग 22

नई आदतों का महत्त्व

एक अंडे से दो मेंढक के बच्चे बाहर आए। उनकी माँ ने उनका नाम टेडी और मेडी रखा। दोनों बड़े उत्साह से अपनी छोटी सी पूँछ के साथ खेलते और लड़ते थे। एक दिन उन्होंने अपनी माँ से कहा, 'देखो, हम पूँछ को हिला सकते हैं, उसके साथ खेल सकते हैं।'

माँ ने बड़े गर्व से अपने बच्चों को देखा। फिर उसने दोनों को बड़े होनेवाली प्रक्रिया के बारे में समझाया कि वे कैसे अपनी पूँछ खो देंगे और उनके पैर बनेंगे।

इस बात ने दोनों बच्चों को भिन्न-भिन्न तरह से प्रभावित किया।

टेडी भविष्य के बारे में उत्साहित था। उसने ऊर्जा और उत्साह के साथ तैरना जारी रखा। कभी-कभी वह पीछे मुड़कर देखता कि उसके पैर कब आने शुरू होंगे।

उसके विपरीत मेडी सोचता, 'मेरी पूँछ तो नहीं रहेगी फिर

उसे हिलाकर, उसके साथ खेलकर क्या फायदा? इतनी मेहनत करने का क्या मतलब है? यह वैसे भी निकल जानेवाली है।' इस तरह मेडी पूँछ को लेकर उदासीन रहने लगा। नतीजन, उसकी पूँछ कमज़ोर हो गई और उसकी ऊर्जा का स्तर भी कम होने लगा।

माँ ये सब देख रही थी। उसने मेडी को सुझाव दिया कि वह अपनी पूँछ का अधिकाधिक उपयोग करना शुरू करे। मगर उसने तर्क दिया कि 'इससे क्या फायदा होगा वैसे भी यह जानेवाली है।'

वहीं टेडी ने अपनी पूँछ को हिलाकर, व्यायाम देकर उसका भरपूर उपयोग किया और अपनी शक्ति को बढ़ाया। कुछ दिनों बाद, टेडी और मेडी की पूँछ गायब हो गई और उनके पैर निकल आए।

टेडी ऊर्जा और उत्साह के साथ चारों ओर घूमने लगा क्योंकि उसने पूँछ को लगातार व्यायाम देकर, खुद को ऊर्जावान बनाए रखा था। मेडी कम उत्साहित था। उसे इस बात की खुशी तो थी कि उसके पास अब पैर हैं लेकिन उसके पास उन्हें इस्तेमाल करने की ऊर्जा नहीं थी। उसे यह पता ही नहीं चला कि पूँछ को व्यायाम नहीं दिया गया इसलिए वह कमज़ोर रह गया।

इंसान भी स्वयं में कुछ गलत और कुछ अच्छी आदतें डाल रहा होता है, यह जाने बिना कि भविष्य में इसका क्या परिणाम आनेवाला है। गलत आदतें उसे आगे कमज़ोर और गुलाम बनाते जाती हैं। जबकि अच्छी आदतें उसका सुंदर भविष्य तैयार कर रही होती हैं।

कंप्यूटर का गीगो (Garabage In Garbage Out) सिद्धांत कहता है- अगर आप गलत बातें अंदर डालोगे तो गलत ही बाहर आएगा, सही चीज़ें डालोगे तो सही बाहर आएगा। इसी तरह अच्छी आदतें विकसित करेंगे तो जीवन में अच्छे परिणाम मिलेंगे। हालाँक नई अच्छी आदतों को सीखने में वक्त लगता है पर वे एक बार सीख ली जाएँ तो जीवन को नए मायने देती हैं।

हर इंसान को इस बात का ध्यान रखना है कि किसी भी आदत को बनाने के लिए उस पर तब तक कार्य करना है, जब तक वह आपके ऑटोसिस्टम में न आ जाए यानी आपके जीवन का भाग न बन जाए। इस बात का प्रमाण पाने के लिए आगे पढ़ना जारी रखें।

जब दुनिया के अतिसफल लोगों का सर्वेक्षण किया गया तब देखा गया कि उन्होंने स्वयं में ऐसी आदतें डाली हैं, जिनके कारण वे जीवन में इतने सफल हुए। सभी में अलग-अलग आदतें थीं, वे अलग-अलग अभ्यास कर रहे थे मगर सर्वेक्षण में देखा गया कि ९ आदतें ऐसी थीं, जो वे सभी कर रहे थे।

पहली आदत- स्वयं के साथ समय बिताना

सभी सफल लोगों में एक समान आदत देखी गई कि वे एक निर्धारित समय अपने लिए रखते थे। जिसमें वे केवल अपने साथ होते थे और अपने भीतर स्वयं से जुड़ते थे। उस समय में वे बाकी विचारों से दूर रहकर, शांत होकर सिर्फ खुद से जुड़ने का प्रयास करते थे। भले ही उन्होंने इसे मेडिटेशन का नाम न दिया हो लेकिन जाने-अनजाने में वे मेडिटेशन ही करते थे।

उन्हें सिर्फ यह पता होता है कि हमें अपने साथ बैठना है और आनेवाले मार्गदर्शन को गंभीरता से लेना है। क्योंकि उन्होंने अपने जीवन में इसका लाभ देखा होता है। जैसे उनकी सजगता, निर्णायक क्षमता और विवेकशीलता बढ़ती है, उनके बाहरी जीवन और भीतर की अवस्था में संतुलन स्थापित होता है, उन्हें नए विचार आते हैं आदि। इसलिए वे यह निरंतरता से करते हैं।

यह आदत स्वयं में लाने के लिए इस तरह के कदम उठाए जा सकते हैं-

१) एक ऐसी खास जगह चुनें जहाँ आप कोई अन्य कार्य न करते हों, जहाँ आप रोज़ नहीं बैठते हैं।

२) निर्धारित जगह पर ऐसा वातावरण तैयार करें, जिससे आपको शांति का एहसास हो। मोबाइल पर कोई शास्त्रीय संगीत या कोई शांत धुन लगा सकते हैं... वहाँ सुगंधित फूल रख सकते हैं... इत्यादि।

३) दिन का एक समय निश्चित करें और उस समय पर आप वहाँ जाकर शांति से बैठ जाएँ। ज़रूरी नहीं कि यह समय लंबा हो, वह १० मिनट का भी हो सकता है। परंतु यह समय आपको रोज़ देना है।

४) धीरे-धीरे इस समय को बढ़ाते जाएँ।

ध्यान स्वयं को जानने में मदद करता है। इससे एक गहरे मनन में जाने का मौका मिलता है। इसलिए इस जगह का इस्तेमाल केवल शांति से, स्वयं के साथ

बैठने के लिए करें। ऐसा करने से, उस जगह पर जाते ही, आप स्वतः ही शांति महसूस करेंगे।

दूसरी आदत- आत्मसूचनाएँ

अतिसफल लोगों ने स्वयं को सदा सकारात्मक आत्मसूचनाएँ दीं। जो चाहिए, उसे वाणी में लाकर, स्वयं को सुनाया ताकि वह वाणी सीधे उनके अंतर्मन में चली जाए। अंतर्मन में पहुँची सूचना जीवन में बड़ा असर दिखाती है।

उदाहरण के लिए एक बीमार इंसान यदि बार-बार स्वयं से कहे, 'दिन-प्रतिदिन मैं स्वस्थ होता जा रहा हूँ, अच्छा होता जा रहा हूँ' (day by day I am getting better and better) तो उसके अंतर्मन में यह पिक्चर तैयार होती है कि वह हकीकत में भी स्वस्थ होने लगा है।

इसके विपरीत अगर कोई स्वस्थ इंसान बार-बार खुद को यह आत्मसूचना दे कि 'मेरी तबीयत ठीक नहीं लग रही है। लगता है मेरी तबीयत खराब होनेवाली है' तो कुछ समय बाद सच में उसके साथ ऐसा हो जाता है। इसीलिए बड़े-बुज़ुर्ग भी कहते हैं, 'जो बोलो सोच-समझकर बोलो और कभी बुरा मत बोलो' क्योंकि जो बोलते हैं, अंतर्मन उसे पकड़कर हकीकत में ले आता है।

आज मोबाइल के कारण यह आदत स्वयं में डालना और भी आसान हो गया है। लगभग मोबाइल में रिकॉर्डिंग सिस्टम होती है। आप अपनी आवाज में आत्मसुझाव रेकॉर्ड कर सकते हैं, जिन्हें आप रोज़ सुन सकते हैं।

यह आदत डालने के लिए रात का समय उपयुक्त है। इस समय पर आपका बाहरी मन सुस्त होता है इसलिए अंतर्मन तक आत्मसुझाव पहुँचाना आसान हो जाता है।

रोज़ बिस्तर पर जाते ही, कानों में हेडफोन लगा लें और आत्मसुझाव सुनना शुरू कर दें।

भाग

23

अपने लिए समय निकालें

कुछ लोगों की यह खासियत होती है कि वे समय को बड़ा महत्त्व देते हैं और उनका एक भी पल व्यर्थ न जाए, इसके प्रति सतर्क रहते हैं। यही वजह है कि वे सुबह से रात तक हर पल व्यस्त रहते हैं। इन जैसे लोगों के जीवन की एक घटना पर गौर करें।

एक व्यस्त सज्जन ने एक महिला को प्रभावित करने के उद्देश्य से उसे अपनी दैनिक दिनचर्या बताई। वे चाहते थे कि महिला उनसे प्रभावित हो कि वे दिनभर कितने व्यस्त रहते हैं। उन्होंने उसे बताया कि वे सुबह ७ बजे उठते हैं, १ घंटे में तैयार हो ऑफिस जाते हैं, ऑफिस में आधा दिन मिटींग में चला जाता है, मिटींग के बाद उससे संबधित कार्य में व्यस्त रहते हैं, घर आते-आते ८ बज जाते हैं, फिर घर पर भी बाहर के क्लाइंट की ऑन-लाईन मिटींग होती है।

उस महिला ने विनम्रतापूर्वक सारी बातें सुनीं और प्रतिक्रिया करते हुए एक ही सवाल पूछा, 'तो फिर आप अपनी उन्नति के लिए कब समय देते हैं?' यह सुनकर वह सज्जन सोच में पड़ गए।

होता यही है इंसान कार्य को इतना महत्त्व देता है कि उसे अपने बारे में सोचने का विचार ही नहीं आता। यदि आप हर वक्त काम निबटाने में ही जुटे रहते हैं तो आगे बढ़ने के लिए जो आदतें चाहिए वे कैसे आएँगी?

अत: खुद से कुछ महत्वपूर्ण सवाल पूछें कि आप क्या चाहते हैं? यदि आप कामयाबी हासिल करना चाहते हैं तो थोड़ा समय नई आदतें बनाने के लिए भी निकालें, जो आपको उन्नति के मार्ग पर ले जाएँ। आइए, सफल लोगों में शामिल अन्य तीन आदतों के बारे में जानकर, उसे अपनाएँ।

तीसरी आदत- विज्वलाइजैशन

विज्वलाइजैशन यानी कल्पना शक्ति। इससे इंसान का साहस बढ़ता है और कठिन काम करने के लिए दिमागी तरंगें पैदा होती हैं, जो लक्ष्य प्राप्त करने में सहायता करती हैं।

अधिकांश अतिसफल लोगों में देखा गया है कि वे जब भी कोई काम करने जाते हैं तो पहले वे उस पूरे प्रोसेस की कल्पना करके देख लेते हैं। जैसे वे वहाँ समय पर पहुँच चुके हैं... वहाँ सब काम सिस्टमैटिक ढंग से और उनके पक्ष में हो गए हैं... अंत में देखते हैं कि सब काम हो चुका है और वे खुशी और अच्छे परिणाम के साथ वापस आ चुके हैं।

इस तरह पूरा प्रोसेस वे अपने मस्तिष्क में पिक्चर के रूप में पहले ही देख लेते हैं। वे जो देखते हैं, वही उनका अंतर्मन सत्य समझकर उनके सामने हकीकत में प्रस्तुत करता है। इसे विज्वलाइजैशन तकनीक कहते हैं, जिसकी प्रैक्टिस सफलता के लिए बहुत सहयोगी सिद्ध होती है।

वरना सामान्यतः लोगों के मस्तिष्क में उलटी पिक्चर बनती है। जैसे यदि वे किसी काम के लिए निकल रहे होंगे तो उनके दिमाग में विचार आने शुरू होंगे- 'आज हफ्ते का पहला दिन है, रास्ते पर ज़्यादा भीड़ होगी... कार को पार्किंग नहीं मिलेगी... मैं समय पर नहीं पहुँच पाऊँगा, फिर बॉस गुस्सा होगा... वह गुस्सा होगा तो मैं ये-ये बहाने बनाऊँगा...।' इस तरह वे अपने दिमाग में संघर्षों और उलझनों की कल्पना करते हैं और वही उनके सामने हकीकत में होता है। फिर वे कहते हैं, 'मुझे मालूम था मेरे साथ हमेशा ऐसा ही होता है।' उन्हें यह समझना होगा कि उनकी कल्पना ही उनके सामने हकीकत बनकर आती है।

सफल लोगों के सर्वेक्षण में देखा गया कि उनके भीतर हमेशा सकारात्मक कल्पनाएँ बनती हैं, जिनमें वे देखते हैं कि उनका हर काम सफलतापूर्वक पूरा हो गया है। इस तरह से वे अच्छाई को अपने जीवन में आमंत्रित करते हैं और वह आती भी है।

यह आदत स्वयं में विकसित करने के लिए, एक विज्वलाइजैशन इस तरह कर सकते हैं

१) अपनी आँखें बंद करें।

२) मन में उन घटनाओं को देखें जिनमें आप सफलता प्राप्त करना चाहते हैं। अब कल्पना करें कि आपको सफलता मिल चुकी है और लोग आपको बधाई दे रहे हैं।

३) उसमें खुशी की भावना भी जोड़ें। स्वयं को खुश होकर कार्य को पूर्ण करते हुए देखें।

४) इस तरह जिस भी क्षेत्र में आपको सफलता चाहिए, वहाँ स्वयं को सहजता के साथ कार्य करते हुए और सफलता पाते हुए देखें।

५) धीरे-धीरे आँखें खोलें।

चौथी आदत- स्वास्थ्य के लिए सचेत :

चिंता और निराशा पर काम करनेवाली अमेरिका की एक संस्था अनुसार अमेरिका के ७० प्रतिशत लोग तनाव के शिकार हैं।

इसी वजह से सफल लोगों ने रोज़ व्यायाम की आदत को अपनाया है क्योंकि वे जानते हैं कि अगर वे तनाव में रहेंगे तो वे अपना सही सहयोग नहीं दे पाएँगे। रोज़ व्यायाम करने से या सप्ताह में ४ से ५ बार करने से उन्हें उतनी ऊर्जा मिल जाती है कि वे अपने रोज़मर्रा के कार्य या अपनी सूची के अनुसार कार्य कर सकते हैं।

सफल लोग यह भी जानते हैं कि स्वस्थ शरीर स्वस्थ मन का निर्माण करता है। वे जानते हैं कि गलत भोजन खाकर अपने स्वास्थ्य का बलिदान नहीं कर सकते क्योंकि इससे वे सफलता के मार्ग से दूर हो सकते हैं। वे हमेशा संतुलित भोजन ही करते हैं ताकि हमेशा तंदुरुस्त और ऊर्जावान बने रहें और वह सब प्राप्त करें, जो वे जीवन में चाहते हैं।

आज-कल इंटरनेट पर और बाज़ार में योगासन, व्यायाम और बाकी तकनीकों पर बहुत सा मार्गदर्शन उपलब्ध है लेकिन किसी की देखा-देखी आप कुछ भी यूँ ही शुरू न करें। किसी योग्य मार्गदर्शक के गाइडेंस में ही अपने शरीर के हिसाब से आसनों, एक्सरसाइज आदि का चयन करें। वरना कुछ लोग दूसरों की देखा-देखी जिम जाना या दौड़ना शुरू कर देते हैं और शरीर की हानि कर बैठते हैं। सबकी शारीरिक अवस्था और ज़रूरत अलग-अलग होती है। अतः उचित मार्गदर्शन पाकर ही व्यायाम करना आरंभ करें या हलके-फुलके व्यायाम तो तुरंत शुरू करें।

पाँचवीं आदत- कलम से पठन (मार्किंग)

सोचकर देखिए आप रोज़ ३० मिनट तक कोई पुस्तक पढ़ते हैं तो जब आप बूढ़े होते जाएँगे तो आपने कितना ज्ञान इकट्ठा कर लिया होगा। पढ़ना हर महान इंसान की विशेषता मानी गई है।

मार्क क्यूबन (Mark Cuban) रोज़ ३ घंटे पढ़ने पर ज़ोर देते हैं, जबकि बिल गेटस् रोज़ १ घंटा पढ़ते थे। जे.के. रोलिंग पहली अरबपति लेखिका ने अपने बचपन में कई पुस्तकें पढ़ीं। राष्ट्रपति ओबामा-शेरली सेन्डबग और अलबर्ट आइनस्टन भी पुस्तकों से प्यार करते थे।

पढ़ने से आपको दूसरों की गलतियों और सफलता से सीखने को मिलता है। बिना कष्ट किए तैयार ज्ञान का भंडार पुस्तकों द्वारा मिलता है। सफलता पाने के लिए अपनी हिम्मत पर भरोसा करना और प्रेरणादाई किताबें पढ़ना ज़रूरी है।

अतिसफल लोगों में एक और आदत देखने को मिली- वह यह कि जब भी वे कुछ महत्वपूर्ण पढ़ते थे तो उनके हाथ में कलम होती थी। अगर किसी पुस्तक या लेख को ऐसे ही पढ़ लेते हैं तो थोड़े समय के बाद उसका असर हमारे मस्तिष्क से चला जाता है। ऐसा इसलिए होता है क्योंकि हमने महत्वपूर्ण बातों को कोई मार्किंग नहीं की, अंडरलाइन नहीं की। इसलिए कोई भी पुस्तक पढ़ते वक्त महत्वपूर्ण प्वाइंट्स को हाईलाइट करना ज़रूरी है ताकि उसे दोबारा पढ़ना हो तो समय की बचत हो, वह जल्दी दिखाई दे। विद्यार्थियों के लिए यह प्रैक्टिस बहुत ही ज़रूरी है।

भाग 24

स्वयं की कमियाँ दूर करें

एक विशाल, समृद्ध, खुशहाल राज्य के राजा का एकलौता युवराज था। राजा सोचता था कि जब उसका बेटा राजा बनेगा तो अपने पिता की तरह वह भी अपने राज्य को और बड़ा बनाएगा। लेकिन राजा से ईर्ष्या करनेवाले कुछ दरबारियों ने युवराज को बहुत सी बुरी आदतों का आदी बना दिया। अब युवराज हर समय व्यसनों में लगा रहता था। यह बात जानकर राजा बहुत दुःखी हुआ। लेकिन उसने ठान लिया कि कैसे भी हो वह युवराज की इन बुरी आदतों को दूर करके ही रहेगा। इसके लिए बहुत प्रयास किए गए मगर युवराज पर कोई असर नहीं हुआ। अब तो राजा और भी ज़्यादा परेशान हो गया।

एक दिन राज्य में एक प्रसिद्ध संत आए। राजा संत के पास पहुँचा। संत ने सभी बातें ध्यान से सुनीं और कहा कि कल युवराज को उसके पास भेज दें।

अगले दिन जब युवराज संत से मिला तो देखा कि संत ने वहाँ दो कच्ची सड़कें बनवा रखी थीं। उनमें से एक सड़क पर उसने फूल बिछा रखे थे और दूसरी सड़क पर बहुत से छोटे-छोटे पत्थर बिछा रखे थे। यह देखकर युवराज ने पूछा, 'मुझे यहाँ क्यों बुलाया है और यह तुम क्या कर रहे हो?'

संत ने कहा, 'युवराज! मैं आपके लिए परेशानियों का निर्माण कर रहा हूँ। आपको इन परेशानियों का सामना करते हुए आगे बढ़ते जाना है।'

युवराज को कुछ समझ नहीं आया। उसने संत से पूछा, 'किन परेशानियों का सामना मुझे करना है, कहाँ हैं वे परेशानियाँ?'

पत्थरोंवाली सड़क की ओर इशारा करते हुए संत ने उत्तर दिया, 'इस सड़क पर मैंने बहुत से पत्थर बिछा दिए हैं। यही पत्थर आपके लिए परेशानियाँ हैं। आपको अपने शाही जूते पहनकर इस पत्थर से भरी सड़क पर चलकर उसे पार करना है।'

युवराज बोला, 'इसमें कौन सी बड़ी बात है, इसे तो मैं अभी पार कर देता हूँ।' युवराज ने शाही जूते पहनकर इस सड़क पर लड़खड़ाते हुए चलकर, कुछ ही समय में पत्थरों से भरी हुई सड़क को पार कर लिया।

संत बहुत खुश हुए और कुछ देर युवराज को आराम करने को कहा। आराम करने के बाद संत ने युवराज से कहा, 'मैं चाहता हूँ कि अब आप फूलों से भरी इस सड़क पर चलें।'

युवराज ने वही शाही जूते पहने और सड़क पार करने लगा। लेकिन यह क्या! युवराज तो फूलों से भरी सड़क पर चलते ही लड़खड़ाने लगा। कुछ ही समय में उसके पैर से खून बहने लगा। वह कुछ दूर और चला, फिर गिर गया।

सभी देखनेवाले बहुत हैरान थे कि फूलों से सजी हुई सड़क और शाही जूते पहने हुए भी युवराज इसे पार क्यों नहीं कर पाया?

सड़क पर गिरे हुए युवराज ने तुरंत अपना जूता उतारा और देखा कि उसमें से एक जूते में एक छोटा सा पत्थर था, जिसकी वजह से वह चल नहीं पाया और पत्थर के चुभने की वजह से पैर से खून निकलने लगा।

तभी संत युवराज के पास आए और मुस्कराते हुए बोले, 'यह पत्थर आपके आराम करते समय मैंने ही आपके जूते में रख दिया था। मैं इससे आपको जीवन की सीख देना चाहता था।'

युवराज गुस्से में बोला, 'तुम मुझे क्या बताना चाहते हो?'

संत ने कहा, 'आपके रास्ते में बहुत से पत्थर क्यों न हों, आप अच्छे जूते पहनकर उसे पार कर सकते हैं लेकिन आपके जूते में एक भी पत्थर हो तो आप फूलों से सजी सड़क पर भी चार कदम नहीं चल सकते। इसी प्रकार आप पत्थररूपी बाहर की अनेकों परेशानियों का सामना कर सकते हैं। लेकिन आपके अंदर की एक भी बुरी आदत आपको जीवन में हार का सामना करा सकती है।'

यह बात युवराज को छू गई। वह समझ गया कि उसके अंदर की बुरी आदतें उसे कितना नुकसान पहुँचा सकती हैं। उसने निर्णय लिया कि वह अपनी बुरी आदतों को छोड़कर, अपने पिता की तरह राज्य को बढ़ाकर, उसमें सुख-शांति लाएगा।

कहानी में युवराज ने अच्छे और मजबूत जूते पहनकर अनेकों पत्थरों को पार कर लिया था। इसी प्रकार हम भी अच्छी आदतें अपनाएँगे तो जीवन की परेशानियों का सामना आसानी से कर पाएँगे। आइए, अति सफल लोगों की आदतों में शामिल अगली चार आदतों को जानते हैं।

छठवीं आदत– कलम से लेखन (नोट्स बनाना)

लिखना अपने आपमें एक कला है, इससे न केवल आपको शक्ति मिलती है बल्कि यह आपको एक अच्छा संवाददाता बनाती है और आपकी रचनात्मकता को बढ़ाती है।

अतिसफल लोगों को जो याद रखना होता है और उन्हें जो आइडियाज आती हैं, वे उसे लिखते हैं यानी उसके नोट्स बना लेते हैं। क्योंकि कोई नई युक्ति या महत्वपूर्ण बात दिमाग में बिजली की तरह कौंधती है और अगर आपने उस समय उसे लिखकर नहीं रखा तो जल्द ही आप उन्हें भूल जाते हैं। क्रिएटिव लोगों के साथ तो ऐसा बहुत होता है। इसलिए लिखने की और पढ़ते हुए मार्क करने की आदत डालें। ऐसी बातें जिन्हें आप याद रखना चाहते हैं या अपनी आइडियाज को सदा लिखकर सुरक्षित रखने

की आदत डालें। ऐसा करने से आपका एक भी महत्वपूर्ण विचार नष्ट नहीं होगा।

लिखने से आपको सीखने में मदद मिलती है। केवल पढ़ने से भूलने की संभावना रहती है मगर पढ़ते हुए लिखते हैं तो समझ में आता है। जब भी आप कुछ नया सीखें, उसे अपने शब्दों में लिखें।

अपने दिनभर की भावनाओं और अनुभवों को लिखने से आपके पास उसका इतिहास दर्ज रहता है। इससे आपको और गहराई में जाकर इन यादों को ढूँढ़ने में सहायता मिलती है। इसलिए इसे लिख डालिए ताकि आप अपने भूतकाल से कुछ सीख सकें और उन सुनहरे पलों को फिर से याद कर सकें।

यह आदत डालने के लिए, एक डायरी और पेन अपने बेडरूम में रखें। हो सके तो उन्हें बिस्तर के सबसे नज़दीकवाली जगह पर रखें। सोने से पहले, दिनभर में हुई बातों को डायरी में लिख लें। इस तरह आपमें लेखन की आदत का निर्माण होता जाएगा।

साँतवीं आदत- दवाखाना यानी शरीर से पूछकर दवा खाना

अतिसफल लोगों की साँतवीं प्रैक्टिस यह है कि वे शरीर से पूछकर दवा खाते हैं। शरीर को सुचारू रूप से चलाने के लिए हम जो खाना खाते हैं, वास्तव में वह शरीर की दवा है। हमें खाने को दवा समझकर खाना है और शरीर से पूछकर, उसकी डिमांड पर खाना है। वरना लोग अपनी इंद्रियों से पूछकर खाना खाते हैं। इंद्रियाँ बोलती हैं, 'अरे खाने की क्या खुशबू आ रही है... गुलाबजामुन कितना टेस्टी लग रहा है... चाइनीज खाने का क्या कलर निकलकर आया है... इसे खाने से मुझे कोई न रोके, आज मैं जी-भरकर खाऊँगा... पेट बरदाश्त न कर पाया तो बाद में हाजमें की गोली खा लेंगे मगर अभी खाने दो।' इस तरह लोग इंद्रियों की सुनकर खाते हैं।

मगर सफल लोग शरीर की ज़रूरत के अनुसार ही खाना खाते हैं। उदाहरण के लिए जब शरीर की ज़रूरत होती है कि उसे कैल्शियम, मिनरल्स आदि चाहिए तो बच्चा स्वतः ही दीवार से कुरेदकर चूना भी खाता है। उसे ऐसा करने के लिए कोई कहता नहीं। वह ऐसी चीज़ें खाकर शरीर में आई कमियों (लवण-नमक) की पूर्ति करता है।

ऐसे ही जब आप सुबह उठते हैं तो प्यास लगती है यानी आपका शरीर बताता है कि वह डिहाइड्रेट हुआ है, उसे पानी दो और आप पानी पीते हैं। न कि कोई पानी का रंग-रूप या स्वाद देखता है। जानवरों में भी यह प्रक्रिया सहजता से होती है, वे अपने शरीर की माँग के अनुसार खाते हैं।

सिर्फ इंसान ही एक ऐसा प्राणी है, जिसने अपने शरीर से पूछना छोड़ दिया है। इसीलिए उसी को स्वास्थ्य की सबसे ज़्यादा समस्याएँ आती हैं। कुछ लोग घड़ी को देखकर खाना खाते हैं, फिर भले ही उस समय उन्हें बिलकुल भी भूख न हो।

शरीर को सुनकर, उसकी ज़रूरतों को समझकर ही उसमें दवारूपी खाना डालें। तभी वह दवा की तरह आपके शरीर को स्वस्थ रखेगा वरना बीमारियों का कारण बनेगा।

आठवीं आदत- पॉज लेना

विश्व के सफल लोगों में, अपनी दिनचर्या और महत्वपूर्ण काम के बीच में पॉज लेने की आदत होती है। आपने अकसर देखा होगा कोई खिलाड़ी अपना बेस्ट शॉट देने से पहले कुछ देर रुकता है, आँखें बंद करके गहरी साँस लेता है और फिर खेलता है। सोचकर देखें कि अपना बेस्ट शॉट देने से पहले उसके अंदर कितने नकारात्मक विचार चल रहे होंगे... कितनी उथल-पुथल हो रही होगी। यदि वह इसी अवस्था को जारी रखकर खेलेगा तो संभावना है कि वह बेस्ट न खेल पाए। इसलिए स्वयं को पॉज देकर वह मन को शांत करता है... शरीर को कुछ सेकण्ड का विश्राम देता है... स्वयं को स्थिर करता है और फिर खेलता है। यह छोटा पॉज बड़े खेल की तैयारी है, जो उसे जीतना है।

क्वालिटी लाइफ जीने के लिए आपको भी अपने अंदर पॉज लेने की आदत डालनी होगी। पॉज लेने का अर्थ है स्वयं को थोड़ी देर के लिए पहले से चलनेवाले हर विचार से, हर भावना से, हर कर्म से, अलग कर लेना और साक्षी भाव में आ जाना। पॉज कैसे लेना है? सबसे पहले खुद को हर बात से डिटैच कर, वर्तमान में आ जाएँ। फिर आत्मावलोकन करें और खुद से कुछ प्रश्न पूछें, 'मैं क्या कर रहा हूँ, क्यों कर रहा हूँ, क्या मैंने यही करने का निर्णय लिया था या वृत्तियों में आकर उससे भटक गया हूँ?' इस तरह के सवाल आपकी बेहोशी तोड़ेंगे, आपको जगाने का काम करेंगे।

बेहोशी में अकसर इंसान अपने अंदर बहुत सी गलत प्रोग्रामिंग बनाकर रख लेता है, जो उससे बार-बार वही काम करवाती रहती है। लेकिन पॉज लेने की आदत से आपकी ऐसी प्रोग्रामिंग टूटेगी। उदाहरण के लिए- यदि आप नकारात्मक चिंतन ज़्यादा करते हैं या मनचाहा घटित न होने पर परेशान हो जाते हैं तो परेशान होने से पहले खुद को पॉज देकर पूछें, 'मैं परेशान क्यों हो रहा हूँ, क्या वाकई यह परेशान होने लायक बात है या मात्र मेरा भ्रम है? ऐसा हो गया तो क्या मैं इसे स्वीकार कर आगे बढ़ सकता हूँ, क्या ऐसा होना कुछ दिनों बाद भी मेरे जीवन पर इतना ही

असर डालेगा...? इस घटना में मैं बेस्ट क्या कर सकता हूँ?'

यदि आप इस तरह से पॉज लेते हैं तो थोड़े दिनों बाद पाएँगे कि अब आप उन बातों के लिए परेशान होना छोड़ चुके हैं, जिन बातों पर बहुत परेशान हुआ करते थे क्योंकि आपने पॉज लेने की नई आदत डाल ली है।

किसी भी नई अच्छी आदत को अपनाने में समय लगता है। हो सकता है हम चाहकर भी पॉज लेना भूल जाएँ तो इसके लिए कुछ रिमाइंडर की व्यवस्था करें। जैसे कोई शब्द, पंक्ति, फोन में रिमाइंडर बनाएँ, जो आपको पॉज लेने की याद दिलाए।

नौवीं आदत– डिसीप्लिन

सफल लोग न केवल अपने कामों में बल्कि लगभग जीवन के हर क्षेत्र में अनुशासित रहते हैं। स्वयं को स्वस्थ रखने के लिए वे व्यायाम भी अनुशासन से करते हैं... स्वयं को शांत रखने के लिए नियमित रूप से ध्यान करते हैं... अपने व्यवसाय की तरक्की के लिए अपने पैसों को भी अनुशासन से इनवेस्ट करते हैं। इस तरह देखा जाए तो अनुशासन की आदत, हर क्षेत्र में उनकी मदद करती है।

केवल कामों में ही नहीं बल्कि पूरे जीवन में यदि अनुशासन लाया गया तो यह हमारे लिए वरदान की तरह काम कर सकता है।

अनुशासन की आदत यदि बचपन से लगाई जाए तो यह माँ–बाप द्वारा बच्चों को दिया गया बड़ा तोहफा होता है। परंतु बड़े होकर भी स्वयं को अनुशासित किया जा सकता है।

यदि आप सोच रहे हैं कि 'मैं स्वयं में अनुशासन नहीं ला सकता' तो आपको याद दिला दें कि 'आप दिन में रोज़ ब्रश करते हैं और उसे सही जगह पर भी रखते हैं।' यदि आप यह काम अनुशासन से कर सकते हैं तो आपके लिए यह मुश्किल नहीं होगा।

अनुशासन की आदत फलों के पेड़ लगाने जैसी है। शुरुआत में ये पेड़ लगाने के लिए आपको मेहनत करनी होगी, उन्हें रोज़ पानी डालना होगा। परंतु एक बार ये पेड़ बड़े हो जाएँगे तो आपको मीठे फल ही देंगे।

❐ ❐ ❐

नई आदत डालने के 8 कदम

उदाहरणः कार्य को पूर्ण करने की आदत

1. **लेटर**	मन के साथ बातचीत करके एग्रीमेंट लेटर बनाएँ।
2. **होशपूर्ण दर्शन**	देखें कि कौन–कौन से कार्य अधूरे हैं?
3. **हर आयाम से लिखित मनन**	आदत न डालने के नुकसान : समय की बरबादी और चिड़चिड़ाहट होना। अविश्वसनीय समझा जाना। आदत डालने के फायदें : कार्य समय पूर्ण होंगे। तनाव कम होगा।
4. **दिमागी री–वायरिंग और सिंबॉल**	यह वाक्य दोहराएँ– मेरे सारे कार्यों में पूर्णता आ रही है। अपने सामने विजन बोर्ड बनाएँ।
5. **पुरानी आदतों के साथ नई आदत जोड़ें**	सुबह व्यायाम करने के बाद आप अधूरे कार्यों की लिस्ट बनाएँ।
6. **सिस्टम बनाकर छोटे–छोटे कदम उठाएँ**	मोबाइल के प्लैनर ऍप का इस्तेमाल करें।
7. **रूचिपूर्ण, आसान और संतोष भरा बनाएँ**	अपने कार्य के अनुसार कलरफूल पेन, पेपर का इस्तेमाल करें। कार्य पूर्ण होने पर खुद को शाबाशी या इनाम दें।
8. **ध्यान**	1) हर अंदर आती हुई साँस के साथ मन में कहें, 'मैं प्लैनिंग के साथ हर कार्य को समय पर अंजाम देता हूँ।' 2) हर बाहर जाती हुई साँस के साथ कहें, 'मेरे अंदर की कार्य अपूर्ण रखने की नकारात्मक आदत छूटती जा रही है।'

आदत तोड़ने के 8 कदम

उदाहरणः अनचाही खरीददारी करने की आदत

1. **लेटर**	मन के साथ बातचीत करके एग्रीमेंट लेटर बनाएँ।
2. **होशपूर्ण दर्शन**	देखें कौन सी अनावश्यक चीज़ें आप खरीद लेते हैं? और कब खरीदते हैं?
3. **मनन**	अ) आदत से हो रहे नुकसानः पैसों की बरबादी होती है। ब) आदत तोड़ने से होनेवाले लाभः समय और पैसों की बचत होगी।
4. **मुश्किल और बोरिंग बनाएँ**	कम बजट में शॉपिंग करें। (कार्ड व पैसे लेकर न जाएँ) ऑनलाइन शॉपिंग की बजाय मार्केट में जाकर शॉपिंग करें।
5. **दिमागी फिल्टर और सिंबॉल**	'मैं हमेशा ज़रूरत के अनुसार ही शॉपिंग करता हूँ।' पिगी बैंक (बचत) या डोनेशन बॉक्स को सामने रखें।
6. **सिस्टम बनाएँ**	हर महीने शॉपिंग लिस्ट बनाते वक्त ही सारे पहलू (खर्चे-त्योहार, बर्थडे आदि) ध्यान में रखें। साल का बजट बनाकर रख सकते हैं।
7. **छोटा कदम लें**	ऑनलाइन शॉपिंग के एप डिलीट करें। शॉपिंग करने से पहले खुद से पूछें, 'यह मेरी ज़रूरत है या चाहत?'
8. **जाने दो ध्यान**	1) बंद मुट्ठी को धीरे-धीरे खोलते हुए मन में कहें, 'मेरी अनचाही शॉपिंग करने की आदत जा रही है... जा रही है... जा रही है।' 2) 'मैं कौन हूँ' सवाल पूछते हुए कुछ देर ध्यान में बैठें।

परिशिष्ट

सरश्री अल्प परिचय

स्वीकार मुद्रा

सरश्री की आध्यात्मिक खोज का सफर उनके बचपन से प्रारंभ हो गया था। इस खोज के दौरान उन्होंने अनेक प्रकार की पुस्तकों का अध्ययन किया। अपने आध्यात्मिक अनुसंधान के दौरान उन्होंने लगभग सभी ध्यान पद्धतियों का भी अभ्यास किया। उनकी इसी खोज ने उन्हें कई वैचारिक और शैक्षणिक संस्थानों की ओर बढ़ाया। जीवन का रहस्य समझने के लिए उन्होंने **एक लंबी अवधि तक मनन करते हुए अपनी खोज जारी रखी, जिसके अंत में उन्हें आत्मबोध प्राप्त हुआ।** आत्मसाक्षात्कार के बाद उन्होंने जाना कि **अध्यात्म का हर मार्ग जिस कड़ी से जुड़ा है वह है– समझ (अंडरस्टैण्डिंग)।** उसके बाद उन्होंने अपने तत्कालीन अध्यापन कार्य को विराम लगाते हुए, लगभग दो दशकों से भी अधिक समय अपना समस्त जीवन मानवजाति के कल्याण और उसके आध्यात्मिक विकास हेतु अर्पण किया है।

सरश्री कहते हैं, 'सत्य के सभी मार्गों की शुरुआत अलग-अलग प्रकार से होती है लेकिन सभी के अंत में एक ही समझ प्राप्त होती है। **'समझ' ही सब कुछ है और यह 'समझ' अपने आपमें पूर्ण है।** आध्यात्मिक ज्ञान प्राप्ति के लिए इस 'समझ' का श्रवण ही पर्याप्त है।' इसी समझ को उजागर करने के लिए उन्होंने आज तक **तीन हज़ार से अधिक आध्यात्मिक विषयों पर प्रवचन दिए हैं,** जिनके द्वारा वे अध्यात्म की गहरी संकल्पनाएँ सीधे और व्यावहारिक रूप में समझाते हैं। समाज के हर स्तर का इंसान सरश्री द्वारा बताई जा रही समझ का लाभ ले सकता है।

यह समझ हरेक को अपने अनुभव से प्राप्त हो इसलिए सरश्री ने **'महाआसमानी परम ज्ञान शिविर'** और उसके लिए आवश्यक कार्यप्रणाली (सिस्टम) की रचना की है, **जिसका**

लाभ लाखों खोजी ले रहे हैं। यह व्यवस्था आय.एस.ओ. (ISO 9001:2015) प्रमाणित है, जिसने अनेक लोगों को सत्य की राह पर चलने की प्रेरणा दी है। इसी समझ के प्रचार और प्रसार के लिए उन्होंने 'तेजज्ञान फाउण्डेशन' नामक आध्यात्मिक संस्था की नींव रखी है। इस संस्था का मुख्य उद्‌देश्य है- **'हॅपी थॉट्स द्वारा उच्चतम विकसित समाज का निर्माण'**।

विश्व का हर इंसान आज सरश्री के मार्गदर्शन का लाभ ले सकता है, जिसके लिए किसी भी धर्म, जाति, उपजाति, वर्ण, पंथ, रंग या लिंग का बंधन नहीं है। विश्व के हर कोने में बसे लोग आज तेजज्ञान की इस अनूठी ज्ञान प्रणाली (System for Wisdom) का लाभ ले रहे हैं। इस व्यवस्था के एक हिस्से के रूप में **लाखों लोग रोज़ सुबह और रात को ९ बजकर ९ मिनट पर विश्व शांति के लिए प्रार्थना करते हैं।**

सरश्री को **बेस्टसेलर पुस्तक 'विचार नियम' श्रृंखला के रचनाकार** के रूप में भी जाना जाता है, जिसकी **१ करोड़ से ज़्यादा प्रतियाँ केवल ५ सालों** में वितरित हो चुकी हैं। इसके अलावा उन्होंने विविध विषयों पर **१०० से अधिक पुस्तकों का लेखन** किया है, जिनमें से 'विचार नियम', 'स्वसंवाद का जादू', 'स्वयं का सामना', 'स्वीकार का जादू', 'निःशब्द संवाद का जादू', 'संपूर्ण ध्यान' आदि पुस्तकें बेस्टसेलर बन चुकी हैं। ये पुस्तकें दस से अधिक भाषाओं में अनुवादित की जा चुकी हैं और प्रमुख प्रकाशकों द्वारा प्रकाशित की गई हैं, जैसे पेंगुइन बुक्स, जैको बुक्स, मंजुल पब्लिशिंग हाऊस, प्रभात प्रकाशन, राजपाल ऍण्ड सन्स, पेंटागॉन प्रेस, सकाळ प्रकाशन इत्यादि।

तेजज्ञान फाउण्डेशन – परिचय

तेजज्ञान फाउण्डेशन आत्मविकास से आत्मसाक्षात्कार प्राप्त करने का एक रास्ता है। इसके लिए सरश्री द्वारा एक अनूठी बोध पद्धति (System for Wisdom) का सृजन हुआ है। इस पद्धति को अन्तर्राष्ट्रीय मानक ISO 9001:2015 के आवश्यकताओं एवं निर्देशों के अनुरूप ढालकर सरल, व्यावहारिक एवं प्रभावी बनाया गया है।

इस संस्था की बोध पद्धति के विभिन्न पहलुओं (शिक्षण, निरीक्षण व गुणवत्ता) को स्वतंत्र गुणवत्ता परीक्षकों (Quality Auditors) द्वारा क्रमबद्ध तरीके से जाँचा गया। जिसके बाद इन पहलुओं को ISO 9001:2015 के अनुरूप पाकर, इस बोध पद्धति को प्रमाणित किया गया है।

फाउण्डेशन का लक्ष्य आपको नकारात्मक विचार से सकारात्मक विचार की ओर बढ़ाना है। सकारात्मक विचार से शुभ विचार यानी हॅपी थॉट्स (विधायक आनंदपूर्ण विचार) और शुभ विचार से निर्विचार की ओर बढ़ा जा सकता है। निर्विचार से ही आत्मसाक्षात्कार संभव है। शुभ विचार (Happy Thoughts) यानी यह विचार कि 'मैं हर विचार से मुक्त हो जाऊँ।' शुभ इच्छा यानी यह इच्छा कि 'मैं हर इच्छा से मुक्त हो जाऊँ।'

ज्ञान का अर्थ है सामान्य ज्ञान लेकिन तेजज्ञान यानी वह ज्ञान जो ज्ञान व अज्ञान के परे है। कई लोग सामान्य ज्ञान की जानकारी को ही ज्ञान समझ लेते हैं लेकिन असली ज्ञान और जानकारी में बहुत अंतर है। आज लोग सामान्य ज्ञान के जवाबों को ज़्यादा महत्त्व देते हैं। उदाहरण के तौर पर कर्म और भाग्य, योग और प्राणायाम, स्वर्ग और नर्क इत्यादि। आज के युग में सामान्य ज्ञान प्रदान करनेवाले लोग और शिक्षक कई मिल जाएँगे मगर इस ज्ञान को पाकर जीवन में कोई बड़ा परिवर्तन नहीं होता। यह ज्ञान या तो केवल बुद्धि विलास है या फिर अध्यात्म के नाम पर बुद्धि का व्यायाम है।

सभी समस्याओं का समाधान है- तेजज्ञान। भय से मुक्ति, चिंतारहित व क्रोध से आज़ाद जीवन है- तेजज्ञान। शारीरिक, मानसिक, सामाजिक, आर्थिक और आध्यात्मिक उन्नति के लिए है- तेजज्ञान। तेजज्ञान आपके अंदर है, आएँ और इसे पाएँ।

यदि आप ऐसा ज्ञान चाहते हैं, जो सामान्य ज्ञान के परे हो, जो हर समस्या का समाधान हो, जो सभी मान्यताओं से आपको मुक्त करे, जो आपको ईश्वर का साक्षात्कार कराए, जो आपको सत्य पर स्थापित करे तो समय आ गया है तेजज्ञान को जानने का। समय आ गया है शब्दोंवाले सामान्य ज्ञान से उठकर तेजज्ञान का अनुभव करने का।

अब तक अध्यात्म के अनेक मार्ग बताए गए हैं। जैसे जप, तप, मंत्र, तंत्र, कर्म, भाग्य, ध्यान, ज्ञान, योग और भक्ति आदि। इन मार्गों के अंत में जो समझ, जो बोध प्राप्त होता है, वह एक ही है। सत्य के हर खोजी को अंत में एक ही समझ मिलती है और इस समझ को सुनकर भी प्राप्त किया जा सकता है। उसी समझ को सुनना यानी तेजज्ञान प्राप्त करना है। तेजज्ञान के श्रवण से सत्य का साक्षात्कार होता है, ईश्वर का अनुभव होता है। यही तेजज्ञान सरश्री महाआसमानी परम ज्ञान शिविर में प्रदान करते हैं।

महाआसमानी परम ज्ञान शिविर परिचय और लाभ (निवासी)

क्या आपको उच्चतम आनंद पाने की इच्छा है? ऐसा आनंद, जो किसी कारण पर निर्भर नहीं है, जिसमें समय के साथ केवल बढ़ोतरी ही होती है। क्या आप इसी जीवन में प्रेम, विश्वास, शांति, समृद्धि और परमसंतुष्टि पाना चाहते हैं? क्या आप शारीरिक, मानसिक, सामाजिक, आर्थिक और आध्यात्मिक इन सभी स्तरों पर सफलता हासिल करना चाहते हैं? क्या आप 'मैं कौन हूँ' इस सवाल का जवाब अनुभव से जानना चाहते हैं।

यदि आपके अंदर इन सवालों के जवाब जानने की और 'अंतिम सत्य' प्राप्त करने की प्यास जगी है तो तेजज्ञान फाउण्डेशन द्वारा आयोजित 'महाआसमानी परम ज्ञान शिविर' में आपका स्वागत है। यह शिविर पूर्णतः सरश्री की शिक्षाओं पर आधारित है। सरश्री आज के युग के आध्यात्मिक गुरु और 'तेजज्ञान फाउण्डेशन' के संस्थापक हैं, जो अत्यंत सरलता से आज की लोकभाषा में आध्यात्मिक समझ प्रदान करते हैं।

महाआसमानी परम ज्ञान शिविर का उद्देश्य :

इस शिविर का उद्देश्य है, 'विश्व का हर इंसान 'मैं कौन हूँ' इस सवाल का

जवाब जानकर सर्वोच्च आनंद में स्थापित हो जाए।' उसे ऐसा ज्ञान मिले, जिससे वह हर पल वर्तमान में जीने की कला प्राप्त करे। भूतकाल का बोझ और भविष्य की चिंता इन दोनों से वह मुक्त हो जाए। हर इंसान के जीवन में स्थायी खुशी, सही समझ और समस्याओं को विलीन करने की कला आ जाए। मनुष्य जीवन का उद्देश्य पूर्ण हो।

'मैं कौन हूँ? मैं यहाँ क्यों हूँ? मोक्ष का अर्थ क्या है? क्या इसी जन्म में मोक्ष प्राप्ति संभव है?' यदि ये सवाल आपके अंदर हैं तो महाआसमानी परम ज्ञान शिविर इसका जवाब है।

महाआसमानी परम ज्ञान शिविर के मुख्य लाभ :

इस शिविर के लाभ तो अनगिनत हैं मगर कुछ मुख्य लाभ इस प्रकार हैं-

* जीवन में दमदार लक्ष्य प्राप्त होता है।
* 'मैं कौन हूँ' यह अनुभव से जानना (सेल्फ रियलाइजेशन) होता है।
* मन के सभी विकार विलीन होते हैं।
* भय, चिंता, क्रोध, बोरडम, मोह, तनाव जैसी कई नकारात्मक बातों से मुक्ति मिलती है।
* प्रेम, आनंद, मौन, समृद्धि, संतुष्टि, विश्वास जैसे कई दिव्य गुणों से युक्ति होती है।
* सीधा, सरल और शक्तिशाली जीवन प्राप्त होता है।
* हर समस्या का समाधान प्राप्त करने की कला मिलती है।
* 'हर पल वर्तमान में जीना' यह आपका स्वभाव बन जाता है।
* आपके अंदर छिपी सभी संभावनाएँ खुल जाती हैं।
* इसी जीवन में मोक्ष (मुक्ति) प्राप्त होता है।

महाआसमानी परम ज्ञान शिविर में भाग कैसे लें?

इस शिविर में भाग लेने के लिए आपको कुछ खास माँगें पूरी करनी होती हैं। जैसे-

१) आपकी उम्र कम से कम अठारह साल या उससे ऊपर होनी चाहिए।

२) आपको सत्य स्थापना शिविर (फाउण्डेशन ट्रुथ रिट्रीट) में भाग लेना होगा, जहाँ आप सीखेंगे- वर्तमान के हर पल को कैसे जीया जाए और निर्विचार दशा में कैसे प्रवेश पाएँ।

३) आपको कुछ प्राथमिक प्रवचनों में उपस्थित होना है, जहाँ आप बुनियादी समझ आत्मसात कर, महाआसमानी परम ज्ञान शिविर के लिए तैयार होते हैं।

यह शिविर एक या दो महीने के अंतराल में आयोजित किया जाता है, जिसका लाभ हज़ारों खोजी उठाते हैं। इस शिविर की तैयारी आप दो तरीके से कर सकते हैं। पहला तरीका- मनन आश्रम (पूना) में पाँच दिवसीय निवासी शिविर में भाग लेकर, दूसरा तरीका- तेजज्ञान फाउण्डेशन के नजदीकी सेंटर पर सत्य श्रवण द्वारा। जैसे- पुणे, मुंबई, दिल्ली, सांगली, सातारा, जलगाँव, अहमदाबाद, कोल्हापुर, नासिक, अहमदनगर, औरंगाबाद, सूरत, बरोडा, नागपुर, भोपाल, रायपुर, चेन्नई, वर्धा, अमरावती, चंद्रपुर, यवतमाल, रत्नागिरी, लातूर, बीड, नांदेड, परभणी, पनवेल, ठाणे, सोलापुर, पंढरपुर, अकोला, बुलढाणा, धुले, भुसावल, बैंगलोर, बेलगाम, धारवाड, भुवनेश्वर, कोलकत्ता, राँची, लखनऊ, कानपुर, चंदीगढ़, जयपुर, पणजी, म्हापसा, इंदौर, इटारसी, हरदा, विदिशा, बुरहानपुर।

इनके अतिरिक्त आप महाआसमानी की तैयारी फाउण्डेशन में उपलब्ध सरश्री द्वारा रचित पुस्तकें या यू ट्यूब के संदेश सुनकर भी कर सकते हैं। मगर याद रहे ये पुस्तकें, यू ट्यूब के प्रवचन शिविर का परिचय मात्र है, तेजज्ञान नहीं। आप महाआसमानी परम ज्ञान शिविर में भाग लेकर ही तेजज्ञान का आनंद ले सकते हैं। आगामी महाआसमानी परम ज्ञान शिविर में अपना स्थान आरक्षित करने के लिए संपर्क करें : 09921008060/75, 9011013208

महाआसमानी परम ज्ञान शिविर स्थान :

यह शिविर पुणे में स्थित मनन आश्रम पर आयोजित किया जाता है। इस शिविर के लिए भोजन और रहने की व्यवस्था की जाती है। यदि आपको कोई शारीरिक बीमारी है और आप नियमित रूप से दवाई ले रहे हैं तो कृपया अपनी दवाइयाँ साथ में लेकर आएँ। वातावरण अनुसार गरम कपड़े, स्वेटर, ब्लैंकेट आदि भी लाएँ।

'मनन आश्रम' पुणे शहर के बाहरी क्षेत्र में पहाड़ों और निसर्ग के असीम सौंदर्य के बीच बसा हुआ है। इस आश्रम में पुरुषों और महिलाओं के लिए अलग-अलग, कुल मिलाकर 700 से 800 लोगों के रहने की व्यवस्था है। यह आश्रम पुणे शहर से 17 किलो मीटर की दूरी पर है। हवाई अड्डा, हाइवे और रेल्वे से पुणे आसानी से आ-जा सकते हैं।

मनन आश्रम : मनन आश्रम, पुणे, सर्वे नं. ४३, सनस नगर, नांदोशी गाँव, किरकट वाडी फाटा, तहसील – हवेली, जिला : पुणे – ४११०२४. फोन : 09921008060

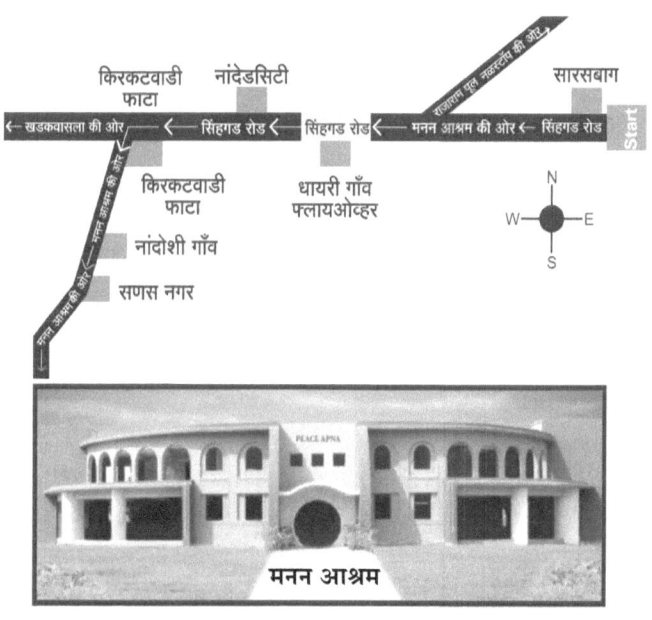

मनन आश्रम की ओर
N
W
E
← मनन आश्रम की ओर

मनन आश्रम

अब एक क्लिक पर ही शिविर का रजिस्ट्रेशन !

तेजज्ञान फाउण्डेशन की इन शिविरों के लिए
अब आप ऑनलाईन रजिस्ट्रेशन भी कर सकते हैं–

* महाआसमानी परम ज्ञान शिविर परिचय और लाभ (पाँच दिवसीय निवासी शिविर)
* मैजिक ऑफ अवेकनिंग (केवल अंग्रेजी भाषा जाननेवालों के लिए तीन दिवसीय निवासी शिविर)
* मिनी महाआसमानी (निवासी) शिविर, युवाओं के लिए

रजिस्ट्रेशन के लिए आज ही लॉग इन करें

www.tejgyan.org

नई और सकारात्मक आदतें बढ़ाने के लिए इन पुस्तकों की मदद लें

Total Pages- 144
Price - 125/-

Also available in Marathi

आलस्य से मुक्ति के 7 कदम
उत्साहित जीवन संदेश

The End of Laziness

शरीर के लिए तम (आलस्य) आवश्यक है मगर इसकी अधिकता इंसान की अभिव्यक्ति में बाधा बन जाती है।

आलस्य एक ऐसा विकार है, जो इंसान की बाकी सभी खूबियों पर भारी पड़ जाता है। इसके दुष्प्रभाव में आकर एक अच्छे से अच्छा कलाकार, रचनाकार, काबिल इंसान भी जीवनभर असफलता का मुँह देखता है।

इस पुस्तक के द्वारा आपको अपने ही भीतर छिपकर बैठे बड़े दुश्मन के बारे में चेताया जा रहा है। इसे पहचानें और अपने भीतर से खोज कर, इसे बाहर निकाल फेंकें। इस बड़े कार्य को करने के लिए यह पुस्तक ७ संकेतों, ७ कदमों, ७ दिशाओं और १३ उपायों द्वारा आपका हर तरह से मार्गदर्शन करेगी। तो आइए, इस पुस्तक रूपी हथियार की मदद से आलस्य को दूर भगाएँ और इस कार्य में सुस्ती बिलकुल न करें।

Total Pages- 176
Price - 150/-

Also available in Marathi & English

स्वसंवाद का जादू
अपना रिमोट कंट्रोल कैसे प्राप्त करें

स्वसंवाद द्वारा पाठक सुख-दुःख के रहस्य, विचारों की दिशा, स्वसंवाद संदेश, रोग निवारण, सेल्फ रिमोट कंट्रोल, कार्य की पूर्णता, नफरत से मुक्ति, उत्तम स्वसंवाद और नए विचारों को प्राप्त करने के उपाय जान सकते हैं। सरश्री कहते हैं – सकारात्मक स्वसंवाद पर विश्वास रखने से ही उत्तम जीवन जीने का पथ प्रशस्त हो सकता है। भावनाओं में भक्ति और शक्ति की युक्ति द्वारा कुदरत से सीधा संवाद स्थापित किया जा सकता है। कुल मिलाकर यह पुस्तक स्वसंवाद की महत्ता को रेखांकित करते हुए पाठकों को नई दिशा देती है।

नई आदतों की सफल तकनीकें ❏ 138

Total Pages- 176

Price - 135/-

Also available in Marathi

इमोशन्स पर जीत

दुःखद भावनाओं से मुलाकात कैसे करें

आज लोग आय.क्यू. का महत्त्व तो समझते हैं परंतु इ.क्यू. (इमोशनल कोशंट) का महत्त्व उससे अधिक है, यह कम लोग जानते हैं। भावनाओं से मुक्ति पाने के दो ही तरीके इंसान ने सीखे हैं- एक है उन्हें निगलना और दूसरा है उगलना। जबकि भावनाओं को मुक्त करने के अनेक अचूक तरीके हैं, जो इस पुस्तक में आपको बताए गए हैं। अपनी भावनाओं को दुश्मन नहीं, दोस्त बनाने के लिए पढ़ें... *दुःखद भावनाओं से मुक्ति का मार्ग *क्या रोना अच्छा है या कमज़ोरी है *असुरक्षा की भावना से मुक्ति कैसे मिले *भावनाओं को मुक्त करने के चार योग्य तरीके *भावनाओं से मुलाकात करने के चार उच्चतम तरीके *भावनाओं को अभिव्यक्त करने के सच्चे तरीके...

Total Pages- 168

Price - 140/-

Also available in Marathi

सुखी जीवन के पासवर्ड

दुःख, अशांति और परेशानी का ताला खोलें

इंसान अपनी गलत आदतों, नकारात्मक विचारों में उलझकर अपने ही जीवन को जटिल बना देता है। फिर बंधनों से मुक्त होना, आज़ादी प्राप्त करना तो दूर वह खुद के बनाए गए दुःखरूपी नर्क में जीवन बिताने पर मज़बूर हो जाता है। शांति और संतुष्टि उसके जीवन से कोसों दूर रह जाते हैं। इसके विपरित जब इंसान सुखी जीवन के सच्चे सूत्र समझ लेता है तो वह एक खुशहाल, सुखी जीवन का ताला खोल देता है।

इस पुस्तक में सुखी जीवन के आठ पासवर्ड दिए गए हैं। इन पासवर्डस् की सहायता से आप अपने दुःख, अशांति और परेशानी का लॉकर खोल पाएँगे। हो सकता है कि ये आठ पासवर्ड आपको बहुत साधारण लगें मगर जब आप रोज़मर्रा के जीवन में इनका इस्तेमाल करेंगे तो आपका जीवन शांति और संतुष्टि से खिल उठेगा।

निर्णय और ज़िम्मेदारी

वचनबद्ध निर्णय और ज़िम्मेदारी कैसे लें

सबसे बड़ी जिम्मेदारी कैसे लें? उच्च निर्णय क्षमता कैसे बढ़ाएँ? उठी हुई चेतना से निर्णय कैसे लें? निर्णय न लेने का निर्णय कैसे लें? समय रहते निर्णय लेने की कला कैसे सीखें? जिम्मेदारी आज़ादी की घोषणा है, जिम्मेदारी लेकर आज़ादी कैसे प्राप्त करें? गैर जिम्मेदारी के परिणामों से कैसे बचें? वादे निभाने की शक्ति द्वारा वचन पर कायम कैसे रहें? लिए गए कार्य को दिए गए समय पर कैसे पूर्ण करें? निरंतर अभ्यास से अपने अंदर दृढ़ संकल्प का निर्माण कैसे करें? इन सभी सवालों के जवाब इस पुस्तक में पढ़ें।

Total Pages- 168
Price - 150/-

Also available
in Marathi

समय नियोजन के नियम

समय संभालो, सब संभलेगा

समय नियोजन की प्रभावशाली व प्रयोगशील (प्रैक्टिकल) तकनीकों को यह समय सारणी आपके सामने लाएगी। समय नियोजन की कुछ तकनीकें हमने सुनी होंगी परंतु सारी तकनीकें और उनका इस्तेमाल रोज़मर्रा के जीवन में कैसे करना है, यह सिखाना, इस प्रयास की विशेषता है। तो आइए इस पुस्तक के कुछ महत्वपूर्ण बिंदुओं पर एक नज़र डालते हैं:

*प्राथमिकता, समय सीमा और ८०/२० नियम द्वारा समय नियोजन करने का तरीका * समय के अमीर बनने का तरीका * कार्य सौंपकर समय बचाने का तरीका * टाइम किलर्स को किल करने का तरीका * कार्यों के मानसिक बोझ से मुक्ति पाने का तरीका * 'ना' कहकर समय बचाने का तरीका * ऊर्जा बढ़ाकर, समय की बचत करने का तरीका * कम समय में कार्य पूरे करने का तरीका

Total Pages- 192
Price - 150/-

Also available
in Marathi

Total Pages- 224
Price - 125/-

Also available in Marathi

संपूर्ण प्रशिक्षण

सीखें महान महारत तकनीकें

कुदरत के नियम समझनेवाले आत्मप्रशिक्षण लेने से नहीं कतराते, वे कभी छोटा लक्ष्य नहीं बनाते, इस वाक्य की सच्चाई साबित करना संपूर्ण प्रशिक्षण पुस्तक का लक्ष्य है। जीवन में बड़ा लक्ष्य प्राप्त करने के लिए हर इंसान को संपूर्ण प्रशिक्षण की आवश्यकता है।

इस पुस्तक में हर उस प्रशिक्षण को संजोया गया है, जो आपके लिए मील का पत्थर साबित होगा। आइए, कुछ प्रशिक्षणों पर नज़र डालते हैं। * आउट ऑफ बॉक्स सोचने का प्रशिक्षण * नई चीज़ों को कम समय में सीखने का प्रशिक्षण * टीम में आत्मविकास का प्रशिक्षण * सोच-शक्ति को बढ़ाने का प्रशिक्षण * जो मिला है, उसकी उचित देखभाल कर सकने का प्रशिक्षण * कम शब्दों और समय में महत्वपूर्ण संदेश लोगों तक पहुँचाने का प्रशिक्षण * लक्ष्य को हर समय याद रख पाने का प्रशिक्षण

Total Pages- 192
Price - 200/-

Also available in Marathi

ध्यान कैसे और क्यों करें

ध्यान के आयाम और ध्यान दिक्षा प्राप्त करें

हर सुबह ईश्वर से प्रार्थना करो ताकि आपका पूरा दिन आराम से कटे तथा हर दिन ध्यान करो ताकि आपके साथ रहनेवालों का दिन आराम से बीते। सच्ची शांति में ही पूर्ण आराम है। कुंभकरण का आराम आलस है, रावण का आराम युद्ध की तैयारी है लेकिन राम का आराम समाधि है। सच्चा आराम भीतर का राम है, आपके अंदर प्रकट होनेवाला स्व-अनुभव है।

अपनी आँखें सदा खुली रखने के लिए कुछ देर आँखें बंद रखने की कला सीखें। आँखें बंद करने की कला को सच्चा आराम कहते हैं। अंदर की आँखें खुलने यानी ज्ञान के अंधे की दृष्टि लौटाने के लिए ध्यान की दीक्षा-स्वदर्शन ज़रूरी है।

– तेजज्ञान इंटरनेट रेडियो –

२४ घंटे और ३६५ दिन सरश्री के प्रवचन और
भजनों का लाभ लें,
तेजज्ञान इंटरनेट रेडियो द्वारा। देखें लिंक
http://www.tejgyan.org/internetradio.aspx

हर रविवार सुबह १०.०५ से १०.१५ तक रेडियो
विविध भारती, एफ. एम. पुणे पर 'हॅपी थॉट्स कार्यक्रम'

www.youtube.com/tejgyan
पर भी सरश्री के प्रवचनों का लाभ ले सकते हैं।
For online shoping visit us - www.tejgyan.org,
www.gethappythoughts.org

पुस्तकें प्राप्त करने के लिए नीचे दिए गए पते पर मनीऑर्डर द्वारा पुस्तक का मूल्य भेज सकते हैं। पुस्तकें रजिस्टर्ड, कुरियर अथवा वी.पी.पी. द्वारा भेजी जाती हैं।
पुस्तकों के लिए नीचे दिए गए पते पर संपर्क करें।
* WOW Publishings Pvt. Ltd. रजिस्टर्ड ऑफिस-E-4, वैभव नगर, तपोवन मंदिर के नज़दीक, पिंपरी, पुणे- 411017
* पोस्ट बॉक्स नं. 36, पिंपरी कॉलोनी पोस्ट ऑफिस, पिंपरी, पुणे - 411017
फोन नं.: 09011013210 / 9146285129
आप ऑन-लाइन शॉपिंग द्वारा भी पुस्तकों का ऑर्डर दे सकते हैं।
लॉग इन करें - www.gethappythoughts.org
500 रुपयों से अधिक पुस्तकें मँगवाने पर 10% की छूट और फ्री शिपिंग।

e-mail
mail@tejgyan.com

website
www.tejgyan.org, www.gethappythoughts.org

विश्व शांति प्रार्थना

9:09 सुबह - शाम

पृथ्वी पर सफेद रोशनी (दिव्य शक्ति) आ रही है।
पृथ्वी से सुनहरी रोशनी (चेतना) उभर रही है।
विश्व से सारी नकारात्मकता दूर हो रही है। सभी प्रेम, आनंद और शांति के लिए खुल रहे हैं, खिल रहे हैं।
विश्व के सभी लीडर्स आउट ऑफ बॉक्स सोच रहे हैं...
विश्व के सभी लीडर्स शांतिदूत बन रहे हैं
विश्व के सभी लीडर्स की इच्छा ईश्वर की इच्छा बन रही है! धन्यवाद

यह 'सामूहिक अव्यक्तिगत प्रार्थना' तेजज्ञान फाउण्डेशन के सदस्य पिछले कई सालों से निरंतरता से कर रहे हैं। खुश लोग यह प्रार्थना कर सकते हैं और बीमार, दु:खी लोग उस वक्त एक जगह बैठकर इस प्रार्थना को ग्रहण कर स्वास्थ्य लाभ पा सकते हैं।

यदि इस वक्त आप परेशान या बीमार हैं तो रोज 9:09 सुबह या रात को केवल ग्रहणशील होकर इस भाव से बैठें कि 'स्वास्थ्य और शांति की सफेद रोशनी जो इस वक्त कई प्रार्थना में बैठे लोगों द्वारा नीचे पृथ्वी पर उतर रही है, वह मुझमें भी अपना कार्य कर रही है। मैं स्वस्थ और शांत हो रहा हूँ।' कुछ देर इस भाव में रहकर आप सबको धन्यवाद देकर उठें।

तेजज्ञान फाउण्डेशन – मुख्य शाखाएँ

पुणे (रजिस्टर्ड ऑफिस)

विक्रांत कॉम्प्लेक्स, तपोवन मंदिर के नज़दीक,

पिंपरी, पुणे-४११ ०१७. फोन : 020-27411240, 27412576

मनन आश्रम

सर्वे नं. ४३, सनस नगर, नांदोशी गाँव, किरकटवाडी फाटा,

तहसील- हवेली, जिला- पुणे - ४११ ०२४.

फोन : 09921008060

e-books

• The Source • Celebrating Relationships
• The Miracle Mind • Everything is a Game of Beliefs
• Who am I now • Beyond Life • The Power of Present
• Freedom from Fear Worry Anger • Light of grace
• The Source of Health and many more.

Also available in Hindi at gethappythoughts.org

e-magazines

emagazines available on www.magzter.com

यह पुस्तक पढ़ने के बाद आप अपना अभिप्राय (विचार सेवा) इस पते पर भेज सकते हैं ...
Tejgyan Global Foundation, Pimpri Colony Post office, P.O. Box 25, Pune - 411 017. Maharashtra (India).

www.ingramcontent.com/pod-product-compliance
Lightning Source LLC
LaVergne TN
LVHW040152080526
838202LV00042B/3122
* 9 7 8 8 1 9 4 3 2 0 0 7 4 *